JN240263

空と風と星と詩

日韓対訳選詩集

ユン・ドンジュ
尹東柱

伊吹郷［訳］

書肆侃侃房

序詩

死ぬ日まで空を仰ぎ
一点の恥辱(はじ)なきことを、
葉あいにそよぐ風にも
わたしは心痛んだ。
星をうたう心で
生きとし生けるものをいとおしまねば
そしてわたしに与えられた道を
歩みゆかねば。

今宵も星が風にふきさらされる。

1941.11.20

目次

装画　真島明子（2024・34 水彩）
装幀　毛利一枝
扉写真　尹東柱

自画像

山の辺を巡り田圃のそば　人里離れた井戸を
独り尋ねては　そっと覗いて見ます。

井戸の中は　月が明るく　雲が流れ　空が広がり
青い風が吹いて　秋があります。

そして一人の男がいます。
なぜかその男が憎くなり　帰って行きます。

帰りながら　ふと　その男が哀れになります。
引き返して覗くと男はそのままいます。
またその男が憎くなり　帰って行きます。
帰りながら　ふと　その男がなつかしくなります。

井戸の中には　月が明るく　雲が流れ　空が広がり
青い風が吹いて　秋があり
追憶のように男がいます。

1939.9

少年

そこここで　紅葉(もみじ)のような悲しい秋がほろほろ落ちる。もみじの散った痕(あと)ごとに春の支度をととのえ　枝の上に空が広がっている。静かに空を見やれば　眉が水色に染まる。火照る頬を両手でなでると　掌(てのひら)も水色に染まる。もう一度掌(て)を凝視(みつ)める。掌(て)の筋には澄んだ川が流れ、澄んだ川が流れ、川の中にはいとしくも悲しい顔——美しい順伊(スニ)の面差しが泛(うか)ぶ。少年はうっとり眼(まなこ)を閉じてみる。なおも澄んだ川は流れ、いとしくも悲しい顔——美しい順伊の面差しは泛ぶ。

1939

尹東柱が暮らした寄宿舎の窓（延世大学校尹東柱記念館）

雪降る地図

順伊（スニ）が去るという朝　せつない心でぼたん雪が舞い、悲しみのように　窓の外はるか広がる地図の上をおおう。部屋の中を見廻しても誰もいない。壁と天井が真っ白い。部屋の中まで雪が降るのか、ほんとうにおまえは失われた歴史のように飄然（ふらり）と去ってゆくのか、別れるまえに言っておくことがあったと便りに書いても　おまえの行先を知らず　どの街、どの村、どの屋根の下、おまえはおれの心にだけ残っているのか、おまえの小さな足跡（あしあと）に　雪がしきりと降り積もり後を追うすべもない。雪が解けたら　のこされた足跡ごとに花が咲くにちがいないから　花のあわいに足跡を訊ねてゆけば　一年十二ヵ月　おれの心には　とめどなく雪が降りつづくだろう。

1941.3.12

帰って見る夜

世間から戻るようにやっとわたしの狭い部屋に帰って明りを消します。明りを
つけておくのは　あまりにも疲れることです。それは昼の延長ですから——

いま窓を開けて空気を入れ換えねばならないのに　外をそっと覗いて見ても
部屋の中のように暗く　ちょうど世間と同じで　雨に打たれて帰ってきた道が
そのまま雨に濡れています。

一日の鬱憤（いかり）を晴らすすべもなく　そっと瞼を閉じれば　心の裡（うち）へ流れる音、い
ま、思想がりんごのようにおのずから熟れていきます。

1941.6

病院

杏(あんず)の木蔭で顔を遮り、病院の裏庭に横たわって、若い女が白衣の裾から白い脚をのぞかせ日光浴をしている。半日すぎても　胸を病むというこの女を訪ね来る者、蝶一匹もいない。悲しみもない杏の梢には風さえない。

わたしもゆえ知らぬ痛みに久しく堪えて　初めてここへ訪ねてきた。だが老いた医者は若者の病いを知らない。わたしに病いはないと言う。この堪えがたい試練、この堪えがたい疲労、わたしは腹を立ててはならない。

女はつと起(た)って襟をただし　花壇から金盞花(きんせんか)を一輪手折って胸に挿し　病室へ消えた。わたしはその女の健康が――いやわが健康もまたすみやかに回復することを希いつつ　女の横たわっていた場所(ところ)に横たわってみる。

1940.12

新しい道

川を渡って森へ
峠を越えて村に

昨日もゆき　今日もゆく
わたしの道　新しい道

たんぽぽが咲き　かささぎが翔び
娘が通り　風がそよぎ

わたしの道は　つねに新しい道
今日も……　明日も……

川を渡って森へ
峠を越えて村に

1938.5.10

看板のない街

停車場のプラットホームに
降り立ったとき　人影もなく、
みんな訪問者（きゃく）ばかり、
訪問者（きゃく）のような人ばかり、

家々に看板がなく
家を探す心配がなく

赤く
青く
明滅する文字もなく

街角ごと

優しい古びた瓦斯燈に
灯りをともし、

手を握れば
みんな、穏やかな人びと
みんな、穏やかな人びと

春、夏、秋、冬
季節(とき)はめぐり。

1941

太初の朝

春の朝でもなく
夏、秋、冬、
そんな朝でもない朝に
紅（くれない）の花が咲きだした、
陽の光が蒼いのに、

その前夜に
その前夜に
すべてがととのえられた、
愛は蛇とともに
毒は幼い花とともに。

また太初の朝

まっ白に雪が積もって
電信柱がひゅうひゅうと唸り
神の言葉が聴こえてくる。

なんの啓示だろうか。

早く
春がくれば
罪を犯し
眼（まなこ）が
あいて

イヴが産苦（くるしみ）を果てれば

無花果(いちぢく)の葉で恥部をおおい
わたしは額に汗せねばならない。

1941.5.31

夜明けがくるときまで

すべて死にゆく人びとに
黒い衣を着せなさい。

すべて生きゆく人びとに
白い衣を着せなさい。

そして一つの寝台に
しずかに寝かせてあげなさい

みんな涙を流すなら
乳を飲ませてあげなさい

やがて夜明けがくれば
喇叭（らっぱ）の音が聴こえるはずです。

1941.5

尹東柱がよく散歩した水聲洞渓谷（スソンドンケゴク）（ソウル）
撮影：李忠昊

怖しい時間

そら　おれを呼ぶのは誰か、
カランイプ*の緑でできた木蔭だが、
おれはまだここに呼吸（いき）が残っている。

一度も手をあげてみられなかったおれを
手をあげて指し示す空もないおれを
どこにこの身を置く空があって
おれを呼ぶのか。

しごとを終え　おれが死ぬ日の朝は
悲しみもなくカランイプが散るだろうに……
おれを呼んでくれるな。

＊カラ_ンイ_プには枯葉、柏の葉の両義がある。

1941.2.7

十字架

追いかけてきた陽の光なのに
いま　教会堂の尖端(さき)
十字架にかかりました。

尖塔があれほど高いのに
どのように登ってゆけるのでしょう。

鐘の音(ね)も聴こえてこないのに
口笛でも吹きつつさまよい歩いて、

苦しんだ男、
幸福なイエス・キリストへの
ように
十字架が許されるなら

頸を垂れ
花のように咲きだす血を
たそがれゆく空のもと
静かに流しましょう。

1941.5.31

風が吹いて

風がどこからきて
どこへゆくのか、

風が吹いているが
おれの苦悩（くるしみ）には理由（わけ）がない。

おれの苦悩には理由がないか、

ただ一人の女を愛したこともない。
時代を悲しんだこともない。

風がしきりに吹いているが
おれの足は岩の上に立つ。

江(かわ)がしきりに流れているが、
おれの足は丘の上に立つ。

1941.6.2

哀しい同族

白い布(きれ)が黒い髪をつつみ
白いコムシン*が荒れた足にかかる。
白いチョゴリ・チマ*が哀しい躰をおおい
白い紐が細い腰をきゅっと締める。

*コムシン　民族の伝統的な靴を型どったゴム製の短靴。
*チョゴリ・チマ　女性の民族衣装。チマ（下裳）は足首までおおう。白衣民族と言われるほど、古来「白」が好まれた。

1938.9

眼を閉じてゆく

太陽を慕うこどもたちよ
星を愛するこどもたちよ

夜は暗くなったが
眼を閉じてゆけ。

手に持った種子（たね）を
播きながらゆけ。

つま先に石があたれば
閉じていた眼（まなこ）をかっと見ひらけ。

1941.5.31

もうひとつの故郷

ふるさとへ帰ってきた夜
おれの白骨がついて来て　同じ部屋に寝転んだ。

暗い部屋は宇宙へ通じ
天空(そら)からか　音のように風が吹いてくる。

闇の中で　きれいに風化する
白骨を覗きながら
涙ぐむのは　おれなのか
白骨なのか
美しい魂なのか

志操高い犬は
夜を徹して闇に吠えたてる。

闇に吠える犬は
おれを逐（お）っているのだろう。

ゆこう　ゆこう
逐われる人のようにゆこう
白骨にこっそり
美しいもうひとつのふるさとへゆこう。

1941.9

道

失くしてしまいました。
なにを　どこで失くしたのかわからず
両手でポケットをさぐり
道へ出て行きます。

石また石が果てしなくつづき
道は石垣に沿って延びています。

垣は鉄の扉を固く閉ざし
道の上に長い影を落して

道は明けがたから夕暮れへ
夕暮れから明けがたへと通じています。

石垣を手探って涙ぐみ
見上げれば　空は気羞しいほど碧いのです。

草一本ないこの道を歩いてゆくのは
石垣の彼方にわたしが残っているからで、

わたしが生きているのは、ただ、
失くしたものを探し索(もと)めるためなのです。

1941.9.31

星をかぞえる夜

季節の移りゆく空は
いま　秋たけなわです。

わたしはなんの憂愁（うれい）もなく
秋の星々をひとつ残らずかぞえられそうです。

胸に　ひとつ　ふたつと　刻まれる星を
今すべてかぞえきれないのは
すぐに朝がくるからで、
明日の夜が残っているからで、
まだわたしの青春が終っていないからです。

星ひとつに　追憶と
星ひとつに　愛と

星ひとつに　寂しさと
星ひとつに　憧れと
星ひとつに　詩と
星ひとつに　母さん、母さん、

母さん、わたしは星ひとつに美しい言葉をひとつずつ唱えてみます。小学校のとき机を並べた児らの名と、佩（ペエ）、鏡（キョン）、玉（オク）、こんな異国の少女（おとめ）たちの名と、すでにみどり児の母となった少女（おとめ）たちの名と、貧しい隣人たちの名と、鳩、小犬、兎、らば、鹿、フランシス・ジャム、ライナー・マリア・リルケ、こういう詩人の名を呼んでみます。

これらの人たちはあまりにも遠くにいます。
星がはるか遠いように、

母さん、
そしてあなたは遠い北間島（プッカンド）におられます。

わたしはなにやら恋しくて
この夥しい星明りがそそぐ丘の上に
わたしの名を書いてみて、
土でおおってしまいました。

夜を明かして鳴く虫は
恥ずかしい名を悲しんでいるのです。

しかし冬が過ぎわたしの星にも春がくれば
墓の上に緑の芝草が萌えでるように
わたしの名がうずめられた丘の上にも
誇らしく草が生い繁るでしょう。

1941.11.5

ひと握りの灰になった東柱兄の遺骨が帰ってきた時、私たちは龍井から二百里離れた豆満江川沿いの韓国の土地である上三峰駅まで迎えに行った。そこで遺骨は父の胸から私が受け取って抱き、長い長い豆満江、橋を歩いて渡った。2月末のとても寒く曇った日、豆満江の橋はどうしてそれほど長く見えたのか……皆黙々とそれぞれの鬱憤をこらえながら一言も発しなかった。それは、東柱兄にとって、愛した故国との最後の別れを告げる橋だった。

尹一柱「尹東柱の生涯」(「ナラサラン」第23集・尹東柱特集号、1976年)

豆満江にかかる橋。中国から北朝鮮側を望む(撮影:楊原泰子、2014年)

いとしい追憶

春がきた朝、ソウルの或る小さな停車場で
希望と愛のように汽車を待ち、

わたしはプラットホームにかすかな影を落して、
たばこをくゆらした。

わたしの影は　たばこの煙の影を流し
鳩の群が羞じらいもなく
翼の中まで陽に晒らして、翔んだ。

汽車はなんの変わりもなく
わたしを遠くへ運んでくれて、

春はすでに過ぎ——東京郊外のとある静かな下宿部屋で、古い街に残ったわたしを希望と愛のように懐しむ。
今日も汽車はいくどか空しく通り過ぎ、
今日もわたしは誰かを待って停車場近くの丘にさまようだろう。
——ああ　若さは　いつまでもそこに残れ。

1942.5.13

たやすく書かれた詩

窓辺に夜の雨がささやき
六畳部屋は他人(ひと)の国、

詩人とは悲しい天命と知りつつも
一行の詩を書きとめてみるか、

汗の匂いと愛の香りふくよかに漂う
送られてきた学費封筒を受けとり

大学ノートを小脇に
老教授の講義を聴きにゆく。

かえりみれば　幼友達を
ひとり、ふたり、とみな失い

わたしはなにを願い
ただひとり思いしずむのか？

人生は生きがたいものなのに
詩がこう　たやすく書けるのは
恥ずかしいことだ。

六畳部屋は他人(ひと)の国
窓辺に夜の雨がささやいているが、

灯火(あかり)をつけて　暗闇をすこし追いやり、
時代のように　訪れる朝を待つ最後のわたし、

わたしはわたしに小さな手をさしのべ
涙と慰めで握る最初の握手。

1942.6.3

懺悔録

緑青（ろくしょう）のついた銅の鏡のなかに
おれの顔が遺されているのは
或る王朝の遺物ゆえ
こうも面目がないのか

おれは懺悔の文を一行にちぢめよう
――満二四年一ヵ月を
　なんの悦びを希い生きてきたのか

明日か明後日（あさって）　その悦びの日に
おれは　また一行の懺悔録を書かねばならぬ。
――あの時　あの若いころ
　なぜあのような恥ずかしい告白をしたのか

夜ごと　おれの鏡を
手のひら　足のうらで磨いてみよう。
すると或る隕石のもとへ独り歩みゆく
悲しい人の後ろ姿が
鏡の中に現われてくる。

1942.1.24

八福

——マタイ福音五章三～一二*

悲しむ者には　福(さいわい)　があるはずだ
悲しむ者には　福　があるはずだ
悲しむ者には　福　があるはずだ
悲しむ者には　福　があるはずだ
悲しむ者には　福　があるはずだ
悲しむ者には　福　があるはずだ
悲しむ者には　福　があるはずだ
悲しむ者には　福　があるはずだ

彼らは**　永遠(とこしえ)に悲しむだろう。

＊『新約聖書』マタイ伝福音書五章三～一二は、イエスの山上の垂訓『八福の教え』で、その二つめが「幸福(さいわい)なるかな、悲しむ者、その人は慰められん」である。

＊＊ここの〈彼ら〉には〈われら〉の意味もあり、自らをふくめて同族〈朝鮮民族〉を客体化して指していると思われる。

1940.12（推定）

弟の印象画

あかい額に冷たい月光がにじみ
弟の顔は悲しい絵だ。

歩みをとめて
そっとかわいい手を握りながら
「大きくなったらなんになる」
「人になるの」
弟のことばは、たしかにつたない答えだ。

握った手を静かに放し
弟の顔をまた覗いて見る。

冷たい月光があかい額に射して
弟の顔は哀しい絵だ。

1938.9.15

尹東柱が思索した道（延世大学校・青松台）

朝

すっ、すっ、すっ、
牛の尾がやわらかな鞭で
闇を追いはらい、
暗い、暗い、闇の底から夜が明ける。

いまこの村の朝が
肥えた牛の尻のようにもりあがる。
この村の豆粥を食べた人びとが
汗を流し　この夏をはぐくんだ。

葉ごと葉ごとに　玉の汗。

汚れないこの朝を
深呼吸する　また深呼吸する。

編注　原稿の第五〜七行には直す予定のしるしがある。

夢は破れて

夢は醒めた
わびしい霧の中で。

さえずる雲雀が
逃げ失せ、

過ぎ去った日　春を謳歌した
美しい芝はない。

塔は崩れた
赤い心の塔が――

爪で刻んだ大理石の塔が――
一夜の暴風(あらし)であとかたもなく、

ああ　荒れた廃墟、
涙と悲嘆(なげき)よ！
夢は破れた
塔は崩れた。

1936.7.27

このような日

正門の　仲良い双(ふた)つの石柱の先端(さき)で
五色旗と太陽旗*が踊る日、
線を引いた地域の児らが嬉しがっている。

児らには一日のひからびた学課**で
もの憂い倦怠がみなぎり
「矛盾」の二字を理解できぬほど
頭が単純だったか。

このような日には
今は亡い頑固だった兄を
呼びたい。

1936.6.10

編注　*五色旗は満州帝国の国旗、太陽旗は日本国旗。日本の植民地である満州帝国では、祝日に二つの国旗を表門の左右に並べて掲げた。
**ひからびた学課　日本語による学課。

別離

雪が降りつつ溶ける日
灰色の空にまたたくすぶる煙、そして
巨大(おおき)な機関車は汽笛を鳴らしつつ、
小さな胸はおどる。

別れがあまりに早すぎる、せつなくも、
いとしい人に、
仕事場で逢おうと言い——
手のぬくもりと涙の去らぬ前(さき)に
汽車は後尾を山裾へ曲げた。

1936.3.20　永鉉(ヨンヒョン)君を——

空想

空想――
わが心の塔
わたしは　黙ってこの塔を積みあげている。
名誉と虚栄の空に
崩れることを知らず
ひと重　ふた重　と高く積みあげる。

とめどないわたしの空想――
それはわが心の海、
腕(かいな)を広げ
わが海で
自由に泳ぐ。
黄金、知識欲の水平線にむかって。

1935.10『崇実活泉(スンシルファルチョン)』に発表

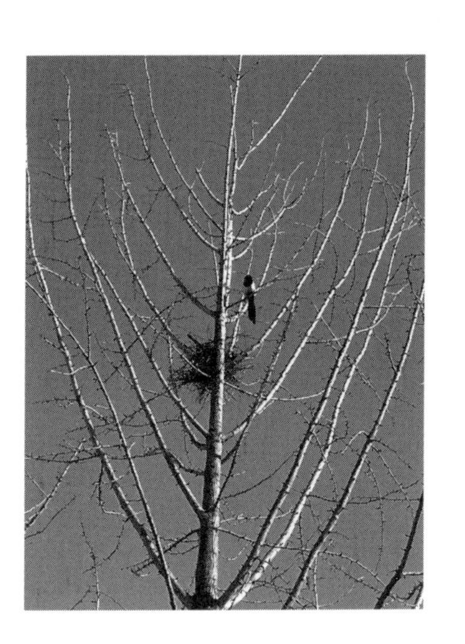

こおろぎとわたしと

こおろぎとわたしと
芝生で話をした。

リリリ　ルルル
リリリ　ルルル

誰にも教えてやらないで
ないしょの約束をした。

リリリ　ルルル
リリリ　ルルル

こおろぎとわたしと
月の明るい晩に話をした。

1938（推定）

赤ちゃんの夜明け

うちには
にわとりもいないよ。
ただ
あかちゃんがちちをせがんでなき
よがあける。

うちには
とけいもないよ。
ただ
あかちゃんがちちをねだってなき
よがあける。

1938（推定）

ひまわりの顔

ねえさんのかおは
　ひまわりのかお
ひがのぼるとすぐ
　はたらきにゆく。

ひまわりのかおは
　ねえさんのかお
うつむいて
　うちにもどる。

1938（推定）

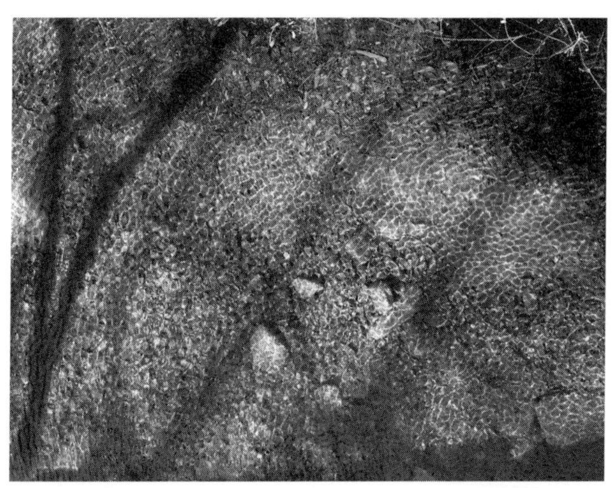

水聲洞渓谷のせせらぎ
撮影：川尻史子

陽の光・風

指に唾つけて
プスッ、プス、プス、
市にゆく母さんを覗こうと
障子紙を
プスッ、プス、プス、

朝に陽の光きらきら、

指に唾つけて
プスッ、プス、プス、
市に出かけた母さんが戻るかと
障子紙を
プスッ、プス、プス、

夕暮れに風がそよそよ。

1938（推定）

マンドリ*

マンドリが学校からの帰り
電信柱のあるところで
石ころ五つを拾いました。

電信柱をねらって
石ひとつを投げつけました。
——あたり——
ふたつめを投げました。
——はずれ——
みっつめを投げました。
——あたり——
よっつめを投げました。
——はずれ——
いつつめを投げました。

——あたり——

五つに三つ………
それくらいならできる。
明日(あした)の試験、
五問に三問だけやれば——
指折りかぞえてみても
だいじょうぶ　六〇点だ。
心配ない　ボールけりにいこう。

翌る日　マンドリは
しかたなく　先生に
白紙を出したでしょうか

それともほんとうに
六〇点をとったでしょうか。

＊マンドリ　男児名。

1937（推定）

海も空も

海も青く
空も青く

海も果てしなく
空も果てしなく

海に石を投げうち
空に唾を吐きかけ

海はにっこり
空はひっそり。

1937

雪

昨晩(ゆうべ)
雪がこんもり降りつもった

屋根や
道や　畑に
寒かろうって
かけてくれたふとんさ

だから
寒い冬にだけ降るんだね

1936.12

便り

姉さん！
この冬も
雪がどっさり降りました。

白い封筒に
雪をひとつかみ入れ
文字も書かず
切手も貼らず
純白のまま
便りを出しましょうか？

姉さんが行かれた国には
雪が降らないから。

1936.12（推定）

はる

うちのあかちゃんは
へやのすみで* すやすや、
ねこは
かまどで ごろごろ、
そよかぜが
きのえだに さやさや、
おひさまが
なかぞらで きらきら。

*オンドル部屋の一番あたたかい所の意。

1936.10（推定）

なにをたべてくらす

うみべのひと
さかなをたべてくらし
やまざとのひと
じゃがいもをたべてくらし
星のくにのひと
なにをたべてくらす。

1936.10

ひよこ

「ぴよ、ぴよ、ぴよ、
かあさん　おっぱい　ちょうだいな」
ひよこのこえ。

「こっ、こっ、こっ、
はいはい　すこし　まちなさい」
ははどりのこえ。

しばらくして
ひよこたちは
かあさんのふところへ
みんなはいっていった。

1936.1.6

月を射る

さわがしかった周囲も静まりかえり、時計の音がいっそうはっきりして、夜はかなりふけたらしい。読んでいた書物を机の隅におしやり、寝床をととのえ寝巻きに着替える。スイッチの音とともに電灯を消し、窓ぎわの寝台に横たわったが、このときまで外は明るい月夜だと気づかなかった。これも明るい電灯のせいだろうか。

わたしのむさくるしい部屋が月光に沈んで美しい絵になる、というよりむしろ哀しい船倉になる。窓格子が額から鼻先、唇、そして胸にそろえた手の甲にまで揺れて、わたしの心をくすぐる。となりに寝ている男の寝息で部屋はうす気味わるくなる。子どものように胸を高鳴らせて外を眺めると、秋の空は澄みわたり、生い茂った松林は一幅の墨絵だ。月光は松の枝にそそぎ、風のように音をたてんばかりだ。聴えるのは時計の音と寝息とこおろぎの声だけで、ざわついていた寄宿舎も寺より静かなのではあるまいか？

わたしはもの思いにふけっている。ひとりの愛らしい娘の心を射止める美しい想像もいいいし、幼いころの思い出を残すふるさとへの郷愁もよいが、それよりたやすく表現できぬなにか深刻なものがある。
海を越えて届いたH君の便りの内容をあれこれ考えると、つくづく人と人との間の感情とは微妙なものだと思う。感傷的な彼にもたぶん秋はやってきたにちがいない。
便りはあまりに度がすぎていなかったか。その中の一節、
「君よ、僕はいま泣きながらこの文を書いている。今夜も月がのぼり、風が吹き、人間だから秋のさびしさもわかる。心の涙、芸術学徒だったあたたかい心の涙も今夜が最後だ」
また終りのほうにこんな一節がある。
「きみは僕を永遠にすててしまうのが正直だろう」
わたしはこの文のニュアンスを理解できる。しかし実際、わたしは彼に非難の言葉ひとつあびせたこともなく、一通の哀しい便りを送ったこともないのだ。思うにこの罪はただ秋のせいとするほかない。
弱輩の学生の身でこうした断定をくだすのはおこがましいが、友人とはわずらわしい存在であり、友情とはまさに盃に盛ったこぼれやすい水のようなもの。この言葉に異をとなえる者はあるまい。
しかしひとりの知己も得がたいというのに、情こまやかなひとりの親友を

失ってしまうのはわが身を切られるような痛みだ。
わたしはおのれを庭に見いだす。窓をこえてきたのか、戸口をあけて出てきたのか、なぜ出てきたのかという愚かな思いに頭を悩ます必要はない。ただ、こおろぎの声にはじらうコスモスのまえに静かに立って、ドクター・ビリンス*の銅像の影のように哀しくなればそれでよい。わたしはこの気持を誰かのせいにするつもりはない。敏感な衿元は月光にもひんやりして、秋の夜露は冷たく、哀しい男の涙のようだ。
足を運んで池のほとりに立つと、池の中にもやはり秋があり、真夜中があり、樹があり、月がある。
一瞬、秋がうらめしく月が憎らしくなる。石をさがし、月をめがけて力いっぱい投げつけた。やった！　月はこなごなに砕けてしまった。しかしざわめく波紋がおさまるとやがて月はもと通りになったではないか。ふと空を見上げると小憎らしい月が頭のうえであざわらっている……
わたしはまっすぐな樹の枝をそろえ、帯を裂いて弦（つる）を張り、りっぱな弓をつくった。そしてじょうぶな葦を矢に、武士の決意で月を射る。

＊ドクター・ビリンス　延専で教えていたB・W・ビリンス（朝鮮名、辺永端（ビョンヨンソ））というアメリ

カ人宣教師がいるが、尹一柱氏によると、ドクター・ビリンスは特定の人物というよりむしろ文学的虚構で、延専構内の寄宿舎から見えた創立者アンダーウッドの銅像が、月夜に哀しく映ったことにもとづくのではないか、という。

1938.10

終始

終点が始点になる。また始点が終点になる。

朝に夕にこれをくり返すようになったが、そうなったについては理由がある。むかし西山（ソサン）大師*が暮らしていたようなうっそうとした松林のなか、そこにがらんとした建物がぽつんと一軒だけあった。それに住人としてはたいへんなもので、同じ屋根の下に全国のなまりがすべて聞けるほど集った優雅な若人たちがひしめいていた。法令はないが、ここは女人禁制区だった。もし気の強い女がいて、不意の侵入があったりすれば、われわれの好奇心を少なからずひきつけ部屋ごとに新しい話題が生じただろう。こういう修道生活にわたしは貝の中のように安堵していたのだ。

事件というのは、大きなことよりむしろささいなことから発生するものだ。

雪の降る日だった。同宿の友人のまた友人が、市内にゆく汽車がくるまでの一時間ほどをつぶすために友人を訪ねてきて、こんな話を交わした。

「おいきみ、ここの鬼神になるつもりなのか?」

「しずかで勉強するによほどいいではないか」

「うむ、本のページでもめくっていれば勉強になるのかい、電車からながめるようすや停車場で出会う光景や汽車で出くわすことや、そのどれもが生活にちがいないなら、生活の問題とたたかう雰囲気のなかで、見、考え、分析してこそ、ほんとうの勉強じゃないか、きみ！　本のページばかりめくって、人生がどうの、社会がこうのというのは、十六世紀にしか通用しないよ、街なかへ出るようにしなければだめだよ」

わたしに対する忠告ではなかったが、この言葉に目のうろこが落ち、その通りだと思った。ここだけでなく、人間を離れて道を修めるのは一種の娯楽、娯楽ゆえ生活にはなりえず、つまりは死んだ勉強ではないか。勉強も生活化しなければならぬと思い、いずれ市内へ移ろうとひそかに決意した。その後、毎日のようにこの道程をたどるようになった。

わたしだけ早くから朝の街の新鮮さにふれるのかと思ったが、舗道はすでにたくさんの人々の足跡で汚れ、電車が停留所にとまるたびに、この多くの人をどこにおろすつもりなのか、群集はつぎつぎに押しこまれるが、老人も若者も子供も誰もかれもが包みをかかえている。これが彼らの生活の包みで、同時に倦怠の包みなのかもしれない。

この包みをかかえこんだ人たちの顔をよくよく観察してみる。老人の顔は、あまりにながく世間の波に揉まれたので問題にもならない。若者たちの顔ときたら、まったく言うべき言葉がない。十人いれば十人みな憂い顔で、百人いれば百人どれも悲惨そのものの顔つきなのだ。彼らにとって笑いとは、日照りにもやしの芽だ［稀れなこと］。けっきょくかわいい子供たちの顔を見るよりほかないが、その顔がいたって青白い。宿題ができなくて先生に叱られるのが心配なのか、しょんぼりして活気がない。わたしの顔もおそらく同様にみじめなのだろう。自分で見られないのがむしろ幸いだ。もし他人の顔を見るように、しばしば己れの顔とむきあうなら、きっと早死してしまうだろう。

わたしはわが目を疑わしいものとして観察をあきらめよう！

むしろ城壁の上に広がる空を仰ぎ見るほうがずっと気持がよかろう。視線は空と城壁の境界線に沿って移ってゆく。この城壁というのは現代でカモフラージュした昔の王城だ。この中でなにがなしとげられ、なにが行なわれているのか、城の外で過してきた、そして現に過しているわたしたちには知るすべがない。いまのところただかすかな望みはこの城壁が断ち切れるところだ。

いつも期待は大きくもつべきでなく、城壁の切れるところに総督府、道庁、なんとか参考館、逓信局、新聞社、消防署、なんとか株式会社、府庁、洋服店、古物商など、ずらりと軒をならべている。通りがかりにアイスキャンデーの看板がちらっと目についた。こいつが雪のふる冬に空家を守るかっこうとか、身分にふさわしくない店を守るかっこうをそっとフィルムに写してみれば、一枚の高等諷刺漫画になると思いながら、目をつぶって考えてみる。じっさい近ごろアイスキャンデーの看板の身の上を免がれうる者がどれほどいるだろう。アイスキャンデーの看板は、まさしく情熱にもえる炎暑が欲しいのだ。

目をとじてしばらく考えているとひとつ気になる。それは道徳律というじゃまな義務感なのだ。若僧が目をつぶったままずっと坐っていると、誰かに指さされているような気がしてちょっと目をあけてみる。しかし近くに「慈善の対象」がないので、席を失わずにすむと思うより、むしろ目障わりと思っている人がいなかったので安心する。

これは断定したがる友人の説だが、電車で出会った人は敵（かたき）、汽車でいき会った人は知己だそうな。なるほどとおおいに首肯した。同じ席にからだをすり合わせながら、「きょうはいい天気ですな」「どこでおりますか」くらいの挨拶はしてもよさそうなのに、一言もなくおし黙っているさまは、あたかも大の仇敵の間柄であるかのようだ。もし心優しい人がいて、この程度の礼儀をわきまえるなら、車内の人たちはこの人を精神異常者とみなすだろう。しかし汽車の中ではちがう。名刺を交換し、故郷の話や行き先の話をわだかまりなく交わし、他人の旅の疲れをわがことのように心配する。これはどれほど心なごむ人生行路だろうか！

いつのまにか南大門（ナムデムン）*を過ぎた。だれかが「きみは毎日のように南大門を二度通りすぎるのにいつもそんなふうに見ているのか」と愚かなメンタルテストを出すとしたら、わたしは啞然とするほかない。静かに記憶をたどってみると、いつもそうだったというより、この道程をくり返して以来、南大門の姿を一度もながめたことがなかった気がする。いうなればそれはわたしの生活に不可欠ではないのだから当然だろう。だがここにひとつの教訓。あまり度がすぎるとものごとすべてうわすべりになるということ。

これとはあまり関係ない話のようだが、退屈な時間をやりすごすためにひとこと言って通過してゆこう。

田舎でいばり散らす両班（ヤンバン）*だったらしいが、初めてソウル見物をして帰り、何日間か学んだソウル言葉をへたにまねて、ソウルの街を身ぶりをまじえて形容し、法螺をふいていたというが、ソウルの停車場におりたつと、目の前に古色蒼然とした南大門が迎えるように立ち、総督府の建物がそびえ、昌慶苑（チャンギョンウォン）*にたくさんの動物がいて、徳寿宮（トクスグン）*のかつての宮殿が感慨をもたらし、和信（ファシン）*のエレベーターは頭をすうっとさせ、本町*では電灯が昼のように明るく、波のように人が押しよせ、電車というやつがごうごうと音をたてながらつぎつぎに走り、――ソウルが己れひとりのために作られたかのようにいばったものだが、これぐらいはまあよくあることだ。しかしそこにもちょっかいをだす者がいて、

「南大門という扁額が実に名筆だそうですな」

とたずねると、その答がふるっている。

「さよう、名筆じゃ、まさに。南の字、大の字、門の字ひとつひとつが生きて動いておるようじゃった」

　どうしてもソウル自慢をしたいこの両班としては、至極もっともな答だろう。この人に阿峴洞(アヒョンドン)*峠の上に、――いやそんなはずれでなく――近くの鐘路(チョンノ)の裏通りに何があったかとたずねたら、どんなにあわてふためくか。

　わたしは終点を始点に換える。

　わたしのおりた所がわたしの終点だし乗る所がわたしの始点になるからだ。このわずかな時間、人々のなかにわたしを埋没させるが、わたしは彼らに対してあまりにも皮相的になる。彼らにわたしの人間性を発揮するすべがない。この人々の喜び、悲しみ、痛みを推しはかることができない。あまりにも漠然としているのだ。人というものはものごとに出くわす回数や量が多いばあいはしごく安易で皮相的になるらしい。そうなるほど己れだけを大事にするのに夢中

になるようだ。
信号を確かめて汽車がしゅっと出発する。故郷にむかう汽車ではないが、なぜか胸が高鳴る。汽車はゆっくり走り、息切れすれば仮の停車場にも止まる。どういう女性なのか、毎日のようにぞろぞろと立っている。それぞれの包みをかかえているが、例の包みらしい。みんな年頃の娘だが、身なりから見ると工場へゆく女工ではなさそうだ。みんなおとなしく立ったまま汽車を待っているらしい。判断を待っているかのようだ。しかしガラス窓ごしに美人かどうか軽率に判断してはいけない。皮相の法則がここにも適用されるかもしれない。透明なようで信じがたいのがガラスだ。顔をゆがめたり、額をせまくしたり、鼻を馬の鼻にしたり、あごを貝のようにそり返えらせたりする、そんないたずらをガラス窓はしばしばやるのだから。判断をくだす者には別に得も損もないとしても、判断される当人には、せっかくの幸運が逃げてゆかぬ保証はない。ともかくどんなに透明な膜でも、すっかり剥ぎとってしまうべきなのだ。
やがてトンネルが口をあけて待っているが、地下鉄でもないのに街なかにトンネルがあるのはなんと哀しいことか。このトンネルとは、人類の歴史の暗黒時代であり、人生行路の苦悶の姿なのだ。むなしく車輪の音だけがひびく。胸の悪くなるような悪質の煙がはいりこむ。しかしわたしたちには遠からぬ未来にかがやく天地がやってくる。
　トンネルを過ぎたとき、近ごろ複線工事に従事している労働者たちを見かける。朝の始発で出かけるときも、夕暮れおそい汽車で戻るときも彼らは働いている。いつ始めていつ終るのかわたしにはわからない。この人たちこそ建設の使徒だ。汗と血を惜しまない。
　重いトロッコを押しながらも心だけははるかかなたにあり、トロッコのわきに拙い文字で新京ゆきとか北京ゆきとか南京ゆきとか書いて、乗ってゆくのでなく押してゆくのだ。この人たちのこころを察することができる。それが苦力（クーリー）＊にとって慰めにならないと誰が言えるか。
　いますぐに終点と始点をいれ換えねばならない。だがわたしの汽車にも新京ゆき、北京ゆき、南京ゆきの札を掲げたい。世界一周ゆきと掲げたい。いやそれよりもわたしのほんとうの故郷があるなら故郷ゆきにしたい。到着すべき時代の停車場があるならさらによい。

編注　この作品は詩人が一九四一年、楼上洞（ヌサンドン）に下宿して、延禧専門学校まで列車を乗り継ぎ通った場面をえがいたものである。

＊西山大師　休静（ヒュジョン）（一五二〇～一六〇四年）は李朝仏教の高僧。門弟一千人と言われ、豊臣秀吉の朝鮮出兵の際、全国の僧侶をひきいて義兵を組織し活躍した。

*南大門　李朝の都ソウルには四つの城門が築かれたが、現存するのは東大門（トンデムン）と南大門。北方への道路の基点をなす南大門はソウル駅ちかくに偉容を誇り、李朝の代表的建築物として国宝第一号に指定されている。

*両班　李氏朝鮮の時代、官僚機構は文班（ムンバン）（文官）と武班（ムバン）（武官）に二分されており（文班優位）、そのいずれかに属する者またはその子孫を両班と称した。彼らは李氏朝鮮社会の支配者であり、事実上、官僚は両班に独占されていた。現代では、成人男子に対する尊敬語（またはその逆）としても用いられる場合がある。

*昌慶苑　ソウルには主要な王宮が三つあるが、昌慶苑はそのひとつ。もと昌慶宮と呼ばれた。李王家は一九〇九年、ここを公開し、博物館、動物園、植物園などが設けられた。

*徳寿宮　ソウルの中心部にある徳寿宮は、近代に入ってからいわゆる「日韓併合」の舞台になったりしたが、一九三三年に一般市民に開放された。石造殿やハングルの創定者世宗（セジョン）の像などがある。

*和信　ソウルの中心街鍾路（チョンノ）にいまもある百貨店の名。（その後とり壊された）

*本町　ソウルの繁華街忠武路（チュンムロ）は、日本統治時代、日本風に本町と呼ばれた。

*阿峴洞峠　延専の方角にある峠。庶民の住宅街だった。

*苦力　特技のない重労働に従事する人夫を指したことば。クーリーは中国語音。

日本語訳に寄せて

尹一柱（ユンイルジュ）（尹東柱の弟）

兄・尹東柱が福岡で獄死してからおおよそ四〇年が経過した。太平洋戦争の渦中において、当時の「満洲」で暮していたわたくしどもは、彼の裁判過程を見守るすべもなく、獄中の彼に面会することもできなかった。したがって「思想不穏」、「独立運動」という漠然とした罪のほかに彼の罪名がわからなかった。

一九四五年二月、そして祖国が解放されたあと、わたしども遺族の絶えざる念願は彼の罪名の究明と日帝（イルチェ）に奪われた彼の作品を探し索（もと）めることだった。幸いに、彼の情こまやかな親友たちがよく保管した一〇〇余篇の作品があり、彼の詩は韓国の若者たちに広く読まれることになったが、罪名の究明と没収された作品を取り戻すことは、さほどやさしくはなかった。そこにも玄界灘が横たわり、さまざまな制約条件は、それが二、三人の力で成し遂げられることでないと切実に感じさせるばかりで時は流れたのである。しかし彼の作品や生涯が多少日本に知られるようになって、日本人の間にも尹東柱を研究する方たちが現われ始めた。ここでいちいちの名を挙げられないが、その方々の熱意で当時の日本の警察の記録や判決文などが発掘され、それがわたしども遺族に伝えられたのは、詩人の没後三五年たった一九七七年から一九八二年の間のことである。やっと罪名は究明されたが、奪われた作品はいまだ行方不明のままである。

訳者伊吹郷氏とわたしの出会いは、彼が『記録』誌に尹東柱の詩の翻訳と解説を一三回に亘って連載している途中の、一九八二年五月から取り交わした文通に始まった。それが連載されているあいだ、彼のみごとな訳詩は、わたしの拙い日本語の実力によっても新たな感動をもたらし、とりわけわたしを感激させたのは、尹東柱の日本での足跡を追って東京・京都を数回にわたって往来しながら、警察署、当時の担当刑事、検察、検事、判事、大学などを粘り強く探訪しつつ事実を究明した彼の情熱だった。わたしはその探訪に同行したい思いにかられた。

尹東柱の詩と詩人に対する愛情、そしてこのような情熱が実を結んで、ここに一つのみごとな訳詩集として上梓されることになったのだと思う。

考えてみれば、日帝（イルチェ）に抗い（あらがい）、犠牲になった韓国人は数知れないが、こんにち特に尹東柱が論じられるのは、彼のすぐれた詩が残されているためだと言える。

「六畳部屋は他人（ひと）の国」とうたったこの日本の地で、この地元の言葉で、彼の詩が読めるようになるのは訳者の辛苦の御蔭だが、その動機になったものは、もっぱら民族を超越する詩心であるとわたしは考える。

尹東柱の詩は「抵抗だ」、「ちがう」と論議される。しかし、わたしはこの「抵抗」という言葉にいささかの抵抗を覚える。抵抗の対象がなくとも、彼は真実の、彼の言葉で清らかな彼の心でうたい「一点の恥辱（はじ）ない」自己省察のみごとな抒情詩人になったことをわたしは信じている。

重要な作品は日帝（イルチェ）に押収され、こんにち残った一〇〇余篇の詩が、韓国で、そして日本で読めるようになったことも、考えてみれば奇蹟のような話である。解放前後の混乱、三八度線、韓国戦争〔朝鮮戦争〕などさまざまな困難な場を経て、一〇〇余篇の作品の原稿が肉筆のままでわたしに残されているのは、どれほど幸せなことであろうか。

　わたしは目頭が熱くなる思いを今更のように感じる。それは兄を失って流した少年期の哀しみの涙でなく、一種の安堵の涙と言えよう。

　ここで、わたし個人の心情を吐露することを許されたい。

わたしは、この日本の地で、ふと当時の父の心を感じる。甥（宋夢奎（ソンモンギュ）*）に面会し、衝撃で監獄の廊下に坐りこんで慟哭したおやじ、長男の遺体を焼いて骨壷に皆おさめることができず、骨の灰を玄界灘に撒きちらしたおやじ、息子の遺骨を胸にいだき、韓半島〔朝鮮半島〕の端から端までの長い長い道のりを戻ってきたおやじ、推しはかってみればそのおやじの心境はいかばかりであったろうか。

　父は故郷（「満洲」）で、一九四八年の初版詩集を受け取った後、三八度線と豆満江という厚い壁のために、詩人としての長男の栄誉がますます重くなっていくことを知ることができなかった。近年、中国大陸と韓国間の書信が可能になって、一九六五年ごろ、故郷の中国東北地方の龍井で父は一人淋しく亡くなったことを知った。

　わたしはいま、異国の言葉で成る、もう一つの兄の詩集を祖父母と父母と兄の霊前に届けようとする。訳者の名とともに。

　わたしの個人的な話を添えて恐縮だが、このような家庭的な苦痛は、その濃度に差はあっても、韓民族のすべての家庭に在ると思われる。

韓民族の悲哀、
それは、いまだ終っていないことを
日本の方々が理解されることを望みたい。

一九八四年五月　東京　白金台にて

＊編注　宋夢奎　尹東柱のいとこ。同時期に逮捕され福岡刑務所で獄死した。

付記　この跋文は韓語で書かれたものを伊吹が日本語になおした。なお、〝日帝(イルチェ)〟という語は日本語としてなじまぬが、適当な訳語を思いつかず、原語(もと)のままとした。（※訳者・伊吹郷註）

『尹東柱全詩集　空と風と星と詩』（影書房）改訂版より転載

日本語翻訳詩集（本書の底本）を手に喜ぶ尹東柱の弟・尹一柱

尹一柱と尹東柱の詩を広く紹介した茨木のり子

翻訳者の伊吹郷と尹一柱

（1984 年 12 月、尹東柱遺族提供）

伯父没後八十年

尹仁石（ユンインソク）（尹一柱の長男）

私は詩人・尹東柱の弟である故・尹一柱の長男の尹仁石と申します。伯父は未婚で亡くなり直系の子孫がいないため、私が遺族代表を務めております。父は一九八五年十一月二十八日に他界しました。日本語の訳詩集が出版されてからちょうど一年が過ぎた頃でした。

成均館大学建築学科の教授だった父は、一九八四年一月から翌年二月まで日本の東京大学で研究生活を送りました。滞在中、かねてから伯父の作品の一部を翻訳して日本時代の足取りを訪ね歩いて資料を収集していた伊吹郷先生から、伯父の詩集を全て翻訳したいとの提案がありました。そうして二人は出会い、伊吹先生は週末ごとに父が暮らす東大宿舎（白金台ロッジ）を訪れ、宿題のように一篇ずつ日本語に翻訳した原稿を父に見せ、話し合いを重ねて校正したそうです。父は日帝強占期に高校まで通い日本語を国語として学んだため、自分の兄が書いた作品の内容と情感を伊吹先生の日本語の文章と照らし合わせ考えることができたのだと思います。さらに原本の固有名詞や北間島の方言、韓国特有の民俗や文化についても、実際に身振り手振りをまじえて伝えたといいます。兄の作品を一行一行日本語に翻訳するにあたり、細心の注意を払って翻訳者をサポートしたのでしょう。

伊吹先生の訳詩集が刊行された後も、多くの方々が日本語の翻訳詩集を出版されました。詩人・尹東柱について、それぞれの翻訳者の理解と解釈が反映されているものと思います。そのどれもが第二の創作（翻訳）であるに違いないと思う一方で、伊吹先生が翻訳するそばで父が一緒になって一字一字を熟慮して編んだこの翻訳にこそ、詩人の想念に最も近い真実があるのではと思っています。

伊吹先生は毎週末の翻訳作業が終わるたび、詩人の弟が兄の詩を読む声を記録しておかねばと父に詩集に収録された全作品を朗読してもらい、カセット機器で録音しました。父は東大在任中に体調を崩し、つらそうにしていることもありましたが説得してすべての録音を終えたそうです。その姿をそばで見ていた母は、当時は伊吹先生が本当に恨めしかったと言っていたものです。

父の死後、伊吹先生がカセットテープ2巻のコピーをくださり大切な遺品になりました。最近はＩＴ技術の発達のおかげで、デジタルファイルに転換して父の肉声をパソコンのスピーカーで聴いています。貴重な記録を残してくださった伊吹先生に感謝するばかりです。

一九八四年十一月に訳詩集が出版されると、茨木のり子先生のエッセイの中で伯父の翻訳詩集が引用され、さらに日本の高校現代文の教科書に掲載されました。ハングルを学ぶ人たちが尹東柱の詩を知ることになり、伊吹先生の訳詩集は尹東柱の詩世界を日本の方々に伝える大きな土台となりました。そして日本語の他にも英語、フランス語、ドイツ語、チェコ語、中国語、ロシア語、ジョージア語の翻訳へとつながりました。

訳詩集によって伯父とその作品の認知度が高まる中、彼が通った日本の母校と下宿跡に詩碑が建ち、最後に遠足に行った宇治川の川辺にも市民の真心と募金で詩碑が建てられ、和解と平和を象徴する人物として記念されることになりました。多くの方々の想いと献身の結晶だと思っています。

今回、韓日対訳詩集の韓国語原稿を提供させていただくにあたり伯父と父と対話するような気持ちで伯父の作品を再び読み返しました。日本語訳詩集が福岡から韓日対訳で再刊されるとは、伯父の命が尽きた場所から彼の精神が復活するように思えてなりません。

どうか多くの方々に愛読いただき、清冽に生き、静かに母国語で想いを整理し記録した青年の澄んだ心に思いを馳せながら、互いに寄り添い共に歩む世界を創ってゆけたらと願っております。

二〇二五年一月

新たな始点

本書は、伊吹郷訳『尹東柱全詩集　空と風と星と詩』（影書房）改訂版を底本にした。現在は絶版になり入手が困難になったため、没後八十年に合わせ、まずは対訳選詩集の形で世に送り出すことにした。韓国語原文は、伊吹訳が原本とした一九八三年十月刊行の正音社版をもとにしている。

尹東柱は一九一七年、旧満洲の北間島（現在の中国東北部の延辺朝鮮族自治州）の明東村で生まれた。朝鮮の人々が新天地を求めて移住した地で、学校や教会が建設されるなど、近代から先進的な教育が取り入れられていた。尹東柱の曾祖父も、咸鏡北道からの移住者で、一族はキリスト教を信仰した。

尹東柱は明東小学校を卒業後、恩真中学校から大学進学のために平壌の崇実中学校に編入した。同校が神社参拝拒否をめぐり廃校になると、故郷に戻り光明学園中学部に編入。ソウルの延禧専門学校（現在の延世大学校）に進学し、卒業記念に詩集『空と風と星と詩』を編んだが、時局柄出版はかなわなかった。この時、原稿用紙に綴った手作りの詩集を延禧専門学校の後輩・鄭炳昱（チョンビョンウク）に贈った。これがもとになり、尹東柱詩集が出版されることになった。

その後一九四二年に日本に渡り、東京の立教大学を経て同志社大学在学中の一九四三年に治安維持法違反（独立運動）の容疑で捕えられ、懲役二年の宣告を受けた。福岡刑務所に収監され、一九四五年二月十六日に獄死。詩集の遺稿は、日本の植民地支配に続く朝鮮半島の分断という厳しい状況の中で遺族と友人らの手で守られ、一九四八年に韓国で『尹東柱詩集　空と風と星と詩』として出版された。作品を追加しながら詩集は版を重ね、日本語をはじめ九つの外国語に翻訳されている。

訳者の伊吹郷氏は東京の古書店で韓国語の尹東柱詩集に出合い、詩人の日本での足取りを追い作品の翻訳を始めた。折しも東京大学の客員教授として東京に滞在中だった実弟・尹一柱氏を何度も訪ねて訳文を推敲し、一九八四年に日本で初めての尹東柱全訳詩集を完成させた。一柱氏は兄弟でなければ知り得ない言葉の意味を細やかに解説しながら兄の詩の朗読もし、伊吹氏はその韓国語原文の詩心と韻律を最大限生かして日本語訳を進めた。

この日本語版詩集は、日本人が尹東柱を知るきっかけとなり、その後も詩集や評伝の翻訳書、著書などが出版された。ゆかりの地では一九九二年に同志社大学コリア同窓生による「尹東柱を偲ぶ会」が、一九九四年に「福岡・尹東柱の詩を読む会」が、二〇〇八年に「詩人尹東柱を記念する立教の会」が発足した。

本書には全一二七作品の中から選んだ四十二作品を日本語と韓国語で掲載した。延禧専門学校卒業記念に自ら編んだ十九篇を中心に、立教大学在学中に書いた作品や童詩、散文詩を収録した。長年私たちが読み継ぐ中で、特に尹東柱の深い心情に触れることができた作品を選定した。韓国語の原文は尹東柱の甥・尹仁石氏に提供いただいた。一柱氏による「日本語訳に寄せて」の文章については韓国語の原文が見つからず、影書房版の詩集に掲載された日本語訳を仁石氏が翻訳した。

二〇二五年は、尹東柱没後八十年にあたる。詩人の韓国と日本の母校である延世大学校と立教大学、同志社大学で交流が進み、命日の二月十六日には同志社大学が尹東柱に名誉文化博士の学位を授与する。

尹東柱の詩には困難の時代に歩むべき道を自問し、懸命に生きた姿がにじんでいる。日本と韓国の歴史を抜きにして考えることはできない一方で、童謡詩のようにほのぼのと味わえる作品も存在する。平易な言葉で書かれ、読む人なりの感性で自由に味わうことができる。卒業記念の詩集を「空と風と星と詩」と名付けた尹東柱。空と風と星が普遍的に存在するように、詩にも普遍の力を託したのだろうか。散文「終始」に「わたしは終点を始点に換える」という一節がある。福岡を新たな始点として、彼の願いとメッセージが多くの人々のもとへと翔び立つことを願ってやまない。

二〇二五年一月

尹東柱詩集編集委員会
楊原泰子（やなぎはら・やすこ）　詩人尹東柱を記念する立教の会
朴熙均（ぱく・ひぎゅん）　尹東柱を偲ぶ会、同志社コリア同窓会
馬男木美喜子（まなぎ・みきこ）　福岡・尹東柱の詩を読む会

■著者プロフィール

尹東柱（ユン・ドンジュ）

1917年12月30日、旧満洲の北間島（現・中国延辺朝鮮族自治州）生まれ。1941年ソウルの延禧専門学校（現・延世大学校）を卒業。1942年日本に留学。東京の立教大学を経て、京都の同志社大学在学中の1943年に治安維持法違反（独立運動）の容疑で捕えられ、懲役２年を宣告される。福岡刑務所に収監され1945年2月16日に獄死した。1948年遺族と友人たちにより、尹東柱が遺した詩集『空と風と星と詩』が出版された。

■訳者プロフィール

伊吹郷（いぶき・ごう）

1940年生まれ。1984年『尹東柱全詩集　空と風と星と詩』（記録社／影書房）翻訳出版。1990年李陸史詩集『青ぶどう』、1991年宋友恵著『尹東柱評伝』の抄訳版『尹東柱　青春の詩人』を筑摩書房より出版。

■監修者プロフィール

尹仁石（ユン・インソク）

1956年生まれ。成均館大学校名誉教授。尹東柱の甥。尹一柱の長男。遺族代表として、長年にわたり保管していた尹東柱の遺稿・遺品を、2013年に尹東柱の母校・延禧専門学校（現・延世大学校）に寄贈。『写真版尹東柱自筆詩稿全集』（民音社、1999年）、『空と風と星と詩―原本対照尹東柱全集―』（延世大学校出版部、2004年）の編集に参与。

凡例

・本書は伊吹郷訳『尹東柱全詩集　空と風と星と詩』（影書房）改訂版を底本にした対訳選詩集である。韓国語原文は、尹一柱編『尹東柱全詩集　空と風と星と詩』（正音社、1983 年 10 月）を底本に、現行の正書法等に従って掲載したが、作者の意図を生かすため、あえて当時のままにした箇所もある。その際には、『写真版尹東柱自筆詩稿全集』（民音社、1999 年）、および『空と風と星と詩─原本対照尹東柱全集─』（延世大学校出版部、2012 年）を参照した。
・訳注や編注も当時のままとしたが、明らかな間違いと思われるものは訂正し、難読文字にはルビを振った。一部編注を加えた。
・基本的に敬称略とした。

空と風と星と詩　尹東柱日韓対訳選詩集

2025 年 2 月 16 日　第 1 刷発行

著　者　尹東柱
翻訳者　伊吹郷
発行者　池田雪
発行所　株式会社 書肆侃侃房（しょしかんかんぼう）
〒 810-0041 福岡市中央区大名 2-8-18-501
TEL 092-735-2802　FAX 092-735-2792
http://www.kankanbou.com
info@kankanbou.com

企画・構成　田島安江
編　集　楊原泰子、朴熙均、馬男木美喜子
編集協力　延世大学校尹東柱記念館、安炫俊、柳時京、平原奈央子
監　修　尹仁石
ＤＴＰ　黒木留実
印刷・製本　シナノ書籍印刷株式会社

ISBN978-4-86385-661-5 C0098

尹東柱の延禧専門学校時代の寄宿舎（現・延世大学校、尹東柱記念館）
撮影：安炫俊

星ひとつに　追憶と
星ひとつに　愛と
星ひとつに　寂しさと
星ひとつに　憧れと
星ひとつに　詩と
星ひとつに　母さん、母さん

（「星をかぞえる夜」より）

하늘과 바람과 별과 詩

한일대역 선시집

윤동주

이부키 고 [번역]

쇼시칸칸보(書肆侃侃房)

延禧専門学校卒業当時（1941 年）の尹東柱

序詩

죽는 날까지 하늘을 우러러
한점 부끄럼이 없기를,
잎새에 이는 바람에도
나는 괴로워했다.
별을 노래하는 마음으로
모든 죽어가는 것을 사랑해야지
그리고 나한테 주어진 길을
걸어가야겠다.

오늘밤에도 별이 바람에 스치운다.

1941. 11. 20

序詩が刻まれた尹東柱の詩碑（延世大学校）

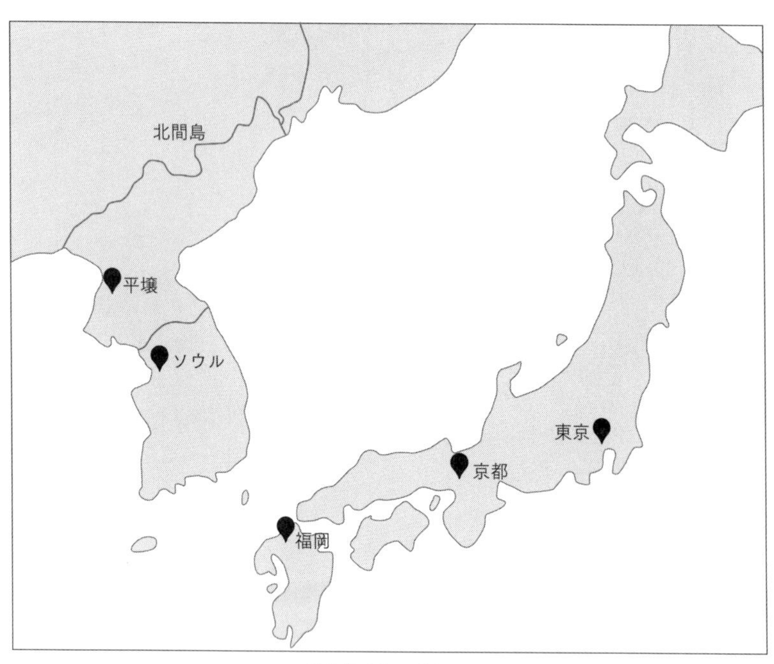

尹東柱が歩んだ地

明東小学校の卒業記念写真（1931 年、北間島）
※ 2 列目の一番右が尹東柱

光明学園中学時代の尹東柱（左）と、
いとこの宋夢奎（右）

崇実中学校時代の尹東柱（後列右）と文益煥（後列中央）（1936 年）

北間島の風景　撮影：金在洪

祖父の還暦祝い（1936 年、北間島）
※後列右から 6 番目が尹東柱、最前列の右から 8 番目が一柱、その後ろが祖父・尹夏鉉

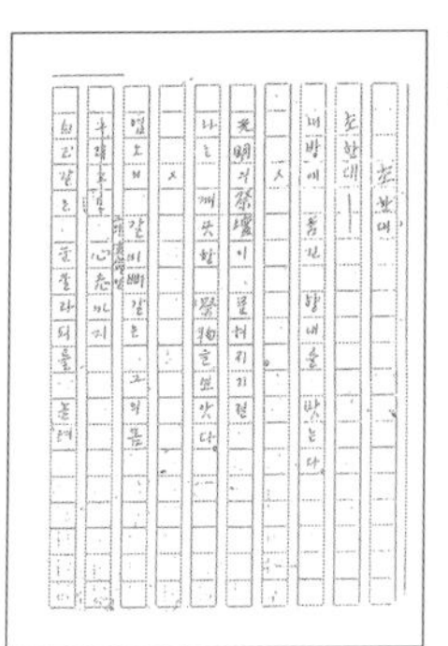

尹東柱が最初に書いた詩の草稿（1934 年）

RIKKYO UNIVERSITY

立教大学留学中に書いた詩の草稿（1942 年）

1955 年版詩集にちなんだ展示
（延世大学校尹東柱記念館）
撮影：安炫俊

左から『空と風と星と詩』の初版（1948 年）、1983 年版

尹東柱が暮らした寄宿舎（尹東柱記念館）

鄭炳昱（右）とともに（1941 年、延禧専門学校卒業の頃）

現在の延世大学校（2025 年）
撮影：李準鎬

恩師李敭河（イヤンハ）（中央）と一緒に記念撮影（延禧専門学校）
※座っている 2 列目一番左が尹東柱（延世大学校尹東柱記念館提供）

延禧専門学校時代、学友たちと　※右上が尹東柱

尹東柱記念館には、遺族から寄贈された遺稿・遺品が展示されている

この寄宿舎で、尹東柱は詩と散文を創作した（尹東柱記念館）

尹東柱詩碑につづく文学の丘（延世大学校）

帰郷を前に宇治川で同志社大学の友人たちとピクニック。この時、尹東柱（中央）は「アリラン」を歌ったという（1943 年、宇治市）

上の写真と同じ宇治川の天ヶ瀬吊橋で、「尹東柱先輩」を想う延世大学校の学生たち（2025 年 1 月）

尹東柱が在籍していた頃の立教大学本館
（立教学院展示館提供）

立教大学時代、帰郷した際に親戚と一緒に（1942 年）。後列右が尹東柱、前列中央が宋夢奎

往時の福岡刑務所正面

尹東柱の葬儀。遺影を囲み右側の左から祖父•尹夏鉉、父•永錫、弟•一柱、光柱、妹・恵媛

尹東柱の墓碑に寄り添う末弟・光柱と妹・恵媛（中央の二人。北間島龍井）一番左は恵媛の夫・呉蛍範

智新から見た五峰山（北間島）撮影：金在洪

明東村に復元された尹東柱の生家
撮影：金在洪

目次

自畵像

산모퉁이를 돌아 논가 외딴 우물을 홀로
찾아가선 가만히 들여다봅니다.

우물 속에는 달이 밝고 구름이 흐르고 하늘이 펼치고
파아란 바람이 불고 가을이 있습니다.

그리고 한 사나이가 있습니다.
어쩐지 그 사나이가 미워져 돌아갑니다.

돌아가다 생각하니 그 사나이가 가엾어집니다.
도로 가 들여다보니 사나이는 그대로 있습니다.

다시 그 사나이가 미워져 돌아갑니다.
돌아가다 생각하니 그 사니이가 그리워집니다.

우물 속에는 달이 밝고 구름이 흐르고 하늘이 펼치고
파아란 바람이 불고 가을이 있고 追憶처럼 사나이가 있습니다.

1939.9

少年

여기저기서 단풍잎 같은 슬픈 가을이 뚝뚝 떨어진다. 단풍잎 떨어져 나온 자리마다 봄을 마련해 놓고 나뭇가지 위에 하늘이 펼쳐있다. 가만히 하늘을 들여다보려면 눈썹에 파란 물감이 든다. 두손으로 따뜻한 볼을 쓷어* 보면 손바닥에도 파란 물감이 묻어난다. 다시 손바닥을 들여다본다. 손금에는 맑은 강물이 흐르고, 맑은 강물이 흐르고, 강물 속에는 사랑처럼 슬픈 얼굴 — 아름다운 順伊의 얼굴이 어린다. 少年은 황홀히 눈을 감아 본다. 그래도 맑은 강물은 흘러 사랑처럼 슬픈 얼굴 — 아름다운 順伊의 얼굴은 어린다.

〔편주〕쓷어*:은 "씻어"의 함경도 방언으로 한글사전에는 설명돼 있으나 이부키 번역본에는 "なでる.."로 번역되어 있음. "쓷어"를 "쓰다듬어"로 해석한 것으로 판단됨.

1939

눈오는 地圖

順伊가 떠난다는 아침에 말못할 마음으로 함박눈이 내려, 슬픈 것처럼 窓밖에 아득히 깔린 地圖 위에 덮인다.
房안을 돌아다보아야 아무도 없다. 壁과 天井이 하얗다. 房안에까지 눈이 나리는 것일까, 정말 너는 잃어버린 歷史처럼 홀홀이 가는 것이냐, 떠나기 前에 일러둘 말이 있던 것을 편지를 써서도 네가 가는 곳을 몰라 어느 거리, 어느 마을, 어느 지붕 밑, 너는 내 마음 속에만 남아 있는 것이냐, 네 조그만 발자욱을 눈이 자꾸 내려 덮혀 따라 갈 수도 없다. 눈이 녹으면 남은 발자국 자리마다 꽃이 피리니 꽃사이로 발자욱을 찾아 나서면 1年 열두 달 하냥 내 마음에는 눈이 내리리라.

1941.3.12

돌아와 보는 밤

세상으로부터 돌아오듯이 이제 내 좁은 방에 돌아와 불을 끄옵니다. 불을 켜 두는 것은 너무나 피로롭은 일이옵니다. 그것은 낮의 延長이옵기에 ——

이제 窓을 열어 空氣를 바꾸어 들여야 할 텐데 밖을 가만이 내다보아야 房안과 같이 어두워 꼭 세상 같은데 비를 맞고 오던 길이 그대로 비속에 젖어 있사옵니다.

하루의 울분을 씻을 바 없어 가만히 눈을 감으면 마음 속으로 흐르는 소리, 이제, 思想이 능금처럼 저절로 익어 가옵니다.

1941.6

病院

살구나무 그늘로 얼굴을 가리고, 病院 뒷뜰에 누워, 젊은 女子가 흰옷 아래로 하얀 다리를 드러내 놓고 日光浴을 한다. 한나절이 기울도록 가슴을 앓는다는 이 女子를 찾아오는 이, 나비 한 마리도 없다. 슬프지도 않은 살구나무가지에는 바람조차 없다.

나도 모를 아픔을 오래 참다 처음으로 이곳에 찾아왔다. 그러나 나의 늙은 의사는 젊은이의 病을 모른다. 나한테는 病이 없다고 한다. 이 지나친 試鍊, 이 지나친 疲勞, 나는 성내서는 안된다.

女子는 자리에서 일어나 옷깃을 여미고 花壇에서 金盞花 한 포기를 따 가슴에 꼽고 病室안으로 사라진다. 나는 그女子의 健康이 — 아니 내 健康도 速히 回復되기를 바라며 그가 누웠던 자리에 누워 본다.

1940.12.

새로운 길

내를 건너서 숲으로
고개를 넘어서 마을로

어제도 가고 오늘도 갈
나의 길 새로운 길

민들레가 피고 까치가 날고
아가씨가 지나고 바람이 일고

나의 길은 언제나 새로운 길
오늘도…… 내일도……

내를 건너서 숲으로
고개를 넘어서 마을로

1938.5.10

看板 없는 거리

停車場 플랫폼에
내렸을 때 아무도 없어,

다들 손님들뿐,
손님같은 사람들뿐,

집집마다 看板이 없어
집 찾을 근심이 없어

빨갛게
파랗게
불붙는 文字도 없이

모퉁이마다
慈愛로운 헌 瓦斯燈에
불을 켜 놓고,

손목을 잡으면
다들, 어진 사람들
다들, 어진 사람들

봄, 여름, 가을, 겨울,
순서로 돌아들고.

1941

太初의 아침

봄날 아침도 아니고
여름, 가을, 겨울,
그런 날 아침도 아닌 아침에

빨—간 꽃이 피어났네,
햇빛이 푸른데,

그 前날 밤에
그 前날 밤에
모든 것이 마련되었네,

사랑은 뱀과 함께
毒은 어린 꽃과 함께.

또 太初의 아침

하얗게 눈이 덮이었고
電信柱가 잉잉 울어
하나님 말씀이 들려온다.

무슨 啓示일까.

빨리
봄이 오면
罪를 짓고
눈이
밝아

이브가 解産하는 수고를 다하면

無花果 잎사귀로 부끄런 데를 가리고

나는 이마에 땀을 흘려야겠다.

1941.5.31

새벽이 올 때까지

다들 죽어가는 사람들에게
검은 옷을 입히시오.

다들 살어가는 사람들에게
흰 옷을 입히시오.

그리고 한 寢台에
가즈런히 잠을 재우시오

다들 울거들랑
젖을 먹이시오

이제 새벽이 오면
나팔소리 들려올 게외다.

1941.5

무서운 時間

거 나를 부르는 것이 누구요,

가랑잎 이파리 푸르러 나오는 그늘인데、
나 아직 여기 呼吸이 남아 있소.

한번도 손들어 보지 못한 나를
손들어 표할 하늘도 없는 나를

어디에 내 한몸 둘 하늘이 있어
나를 부르는 것이오.

일을 마치고 내 죽는 날 아침에는
서럽지도 않은 가랑잎이 떨어질 텐데……

나를 부르지 마오.

1941.2.7

十字架

쫓아오던 햇빛인데
지금 敎會堂 꼭대기
十字架에 걸리었습니다.

尖塔이 저렇게도 높은데
어떻게 올라갈 수 있을까요.

鐘소리도 들려오지 않는데
휘파람이나 불며 서성거리다가,

괴로웠던 사나이,
幸福한 예수·그리스도에게
처럼
十字架가 許諾된다면

모가지를 드리우고
꽃처럼 피어나는 피를

어두워가는 하늘밑에
조용히 흘리겠습니다.

1941.5.31

바람이 불어

바람이 어디로부터 불어와
어디로 불려가는 것일까,

바람이 부는데
내 괴로움에는 理由가 없다.

내 괴로움에는 理由가 없을까,

단 한 女子를 사랑한 일도 없다.
時代를 슬퍼한 일도 없다.

바람이 자꾸 부는데
내 발이 반석 위에 섰다.

강물이 자꾸 흐르는데
내 발이 언덕위에 섰다.

1941.6.2

슬픈 族屬

흰 수건이 검은 머리를 두르고
흰 고무신이 거친 발에 걸리우다.

흰 저고리 치마가 슬픈 몸집을 가리고
흰 띠가 가는 허리를 질끈 동이다.

1938.9.

눈 감고 간다

太陽을 사모하는 아이들아
별을 사랑하는 아이들아

밤이 어두웠는데
눈 감고 가거라.

가진 바 씨앗을
뿌리면서 가거라.

발뿌리에 돌이 채이거든
감았던 눈을 와짝 떠라.

1941.5.31

또 다른 故鄕

故鄕에 돌아온 날 밤에
내 白骨이 따라와 한 방에 누웠다.

어둔 房은 宇宙로 通하고
하늘에선가 소리처럼 바람이 불어온다.

어둠 속에 곱게 風化作用하는
白骨을 들여다보며
눈물짓는 것이 내가 우는 것이냐
白骨이 우는 것이냐
아름다운 魂이 우는 것이냐

志操 높은 개는
밤을 새워 어둠을 짖는다.

어둠을 짖는 개는
나를 쫓는 것일 게다.

가자 가자

쫓기우는 사람처럼 가자

白骨 몰래

아름 다운 또 다른 故鄕에 가자

1941.9

길

잃어버렸습니다.
무얼 어디다 잃었는지 몰라
두 손이 주머니를 더듬어
길에 나아갑니다.

돌과 돌과 돌이 끝없이 연달아
길은 돌담을 끼고 갑니다.

담은 쇠문을 굳게 닫아
길 위에 긴 그림자를 드리우고

길은 아침에서 저녁으로
저녁에서 아침으로 통했습니다.

돌담을 더듬어 눈물 짓다
쳐다보면 하늘은 부끄럽게 푸릅니다.

풀 한 포기 없는 이 길을 걷는 것은
담 저쪽에 내가 남아 있는 까닭이고,

내가 사는 것은, 다만,
잃은 것을 찾는 까닭입니다.

1941.9.31

별 헤는 밤

季節이 지나가는 하늘에는
가을로 가득 차 있습니다.

나는 아무 걱정도 없이
가을 속의 별들을 다 헤일 듯합니다.

가슴 속에 하나 둘 새겨지는 별을
이제 다 못 헤는 것은
쉬이 아침이 오는 까닭이요,
來日 밤이 남은 까닭이요,
아직 나의 靑春이 다하지 않은 까닭입니다.

별 하나에 追憶과
별 하나에 사랑과
별 하나에 쓸쓸함과
별 하나에 憧憬과
별 하나에 詩와

별 하나에 어머니, 어머니,

어머님, 나는 별 하나에 아름다운 말 한 마디씩 불러봅니다. 小學校때 冊床을 같이 했던 아이들의 이름과, 佩、鏡、玉 이런 異國少女들의 이름과 벌써 애기 어머니 된 계집애들의 이름과, 가난한 이웃사람들의 이름과, 비둘기, 강아지, 토끼, 노새, 노루, 「프랑시스 잠」, 「라이너 마리아 릴케」, 이런 詩人의 이름을 불러봅니다.

이네들은 너무나 멀리 있습니다.
별이 아슬히 멀듯이,

어머님,
그리고 당신은 멀리 北間島에 계십니다.

나는 무엇인지 그리워
이 많은 별빛이 내린 언덕 위에

내 이름자를 써보고,
흙으로 덮어 버리었습니다.

딴은 밤을 새워 우는 벌레는
부끄러운 이름을 슬퍼하는 까닭입니다.

그러나 겨울이 지나고 나의 별에도 봄이 오면
무덤 위에 파란 잔디가 피어나듯이
내 이름자 묻힌 언덕 위에도
자랑처럼 풀이 무성할 게외다.

1941.11.5

사랑스런 追憶

봄이 오던 아침, 서울 어느 조그만 停車場에서
希望과 사랑처럼 汽車를 기다려,

나는 플랫폼에 간신한 그림자를 떨어트리고,
담배를 피웠다.

내 그림자는 담배연기 그림자를 날리고,
비둘기 한 떼가 부끄러울 것도 없이
나래 속을 속, 속, 햇빛에 비춰, 날았다.

汽車는 아무 새로운 소식도 없이
나를 멀리 실어 다 주어,

봄은 다 가고 — 東京 郊外 어느 조용한 下宿房에서, 옛 거리에
남은 나를 希望과 사랑처럼 그리워한다.

오늘도 汽車는 몇 번이나 無意味하게 지나가고,

오늘도 나는 누구를 기다려 停車場 가차운
언덕에서 서성거릴 게다.

— 아아 젊음은 오래 거기 남아 있거라.

1942.5.13

쉽게 씌어진 詩

窓밖에 밤비가 속살거려
六疊房은 남의 나라,

詩人이란 슬픈 天命인 줄 알면서도
한 줄 詩를 적어볼까,

땀내와 사랑내 포근히 품긴
보내주신 學費封套를 받아

大學 노—트를 끼고
늙은 敎授의 講義 들으러 간다.

생각해보면 어린 때 동무를
하나, 둘, 죄다 잃어버리고

나는 무얼 바라
나는 다만, 홀로 沈澱하는 것일까?

人生은 살기 어렵다는데
詩가 이렇게 쉽게 씌어지는 것은
부끄러운 일이다.

六疊房은 남의 나라
窓밖에 밤비가 속살거리는데,

등불을 밝혀 어둠을 조금 내몰고,
時代처럼 올 아침을 기다리는 最後의 나,

나는 나에게 작은 손을 내밀어
눈물과 慰安으로 잡는 最初의 握手.

1942.6.3

懺悔錄

파란 녹이 낀 구리 거울 속에
내 얼굴이 남아있는 것은
어느 王朝의 遺物이기에
이다지도 욕될까

나는 나의 懺悔의 글을 한 줄에 줄이자,
— 滿二十四年 一個月을
　무슨 기쁨을 바라 살아왔던가

내일이나 모레나 그 어느 즐거운 날에
나는 또 한 줄의 懺悔錄을 써야 한다.
— 그때 그 젊은 나이에
　왜 그런 부끄런 告白을 했던가.

밤이면 밤마다 나의 거울을
손바닥으로 발바닥으로 닦아 보자.

그러면 어느 隕石밑으로 홀로 걸어가는
슬픈 사람의 뒷모양이
거울 속에 나타나온다.

1942.1.24

八福

마태福音 五章 3~12

슬퍼 하는자는 복이 있나니
슬퍼 하는자는 복이 있나니
슬퍼 하는자는 복이 있나니
슬퍼 하는자는 복이 있나니
슬퍼 하는자는 복이 있나니
슬퍼 하는자는 복이 있나니
슬퍼 하는자는 복이 있나니
슬퍼 하는자는 복이 있나니

저희가 永遠히 슬플 것이오.

1940. 12. 추정

아우의 印象畵

붉은 이마에 싸늘한 달이 서리어
아우의 얼굴은 슬픈 그림이다.

발거음을 멈추어
슬그머니 앳된 손을 잡으며
「너는 자라 무엇이 되려니」
「사람이 되지」
아우의 설은 진정코 설은 對答이다.

슬며시 잡았던 손을 놓고
아우의 얼굴을 다시 들여다 본다.

싸늘한 달이 붉은 이마에 젖어
아우의 얼굴은 슬픈 그림이다.

1938.9.15

아침

휙, 휙, 휙,
소꼬리가 부드러운 채찍질로
어둠을 쫓아,
캄, 캄, 어둠이 깊다깊다 밝으오.

이제 이 洞里의 아침이
풀살 오른 소엉덩이처럼 푸드오.*
이 동리 콩죽 먹은 사람들이
땀물을 뿌려 이 여름을 길렀오.

잎, 잎, 풀잎마다 땀방울이 맺혓오

구김살 없는 이 아침을,
深呼吸하오 또 하오.

［편주］원고의 제 5~7행에는 고칠 예정의 표시가 되어 있음.
푸들다*: 살이 오르다는 뜻의 북도 사투리.

1936

꿈은 깨어지고

꿈은 눈을 떴다
그윽한 幽霧에서.

노래하든 종달이
도망쳐 날아나고,

지난날 봄타령하던
금잔디 밭은 아니다.

塔은 무너졌다,
붉은 마음의 塔이 —

손톱으로 새긴 大理石塔이 —
하루저녁 暴風에 餘地없이도,

오오 荒廢의 쑥밭,
눈물과 목메임이여!

꿈은 깨어졌다
塔은 무너졌다.

1936.7.27

이런 날

사이좋은 正門의 두 돌기둥 끝에서
五色旗와 太陽旗가 춤을 추는 날,
금을 그은 地域의 아이들이 즐거워하다.

아이들에게 하루의 乾燥한 學課로
해말간 勸怠가 깃들고,
「矛盾」 두 자를 理解치 못하도록
머리가 單純하였구나.

이런 날에는
잃어버린 頑固하던 兄을,
부르고 싶다.

1936.6.10

離別

눈이 오다 물이 되는 날.
잿빛 하늘에 또 뿌연 내, 그리고,
커다란 機關車는 빼-액- 울며,
조고만, 가슴은 울렁거린다.

이별이 너무 재빠르다, 안타깝게도,
사랑하는 사람을,
일터에서 만나자 하고 —
더운 손의 맛과 구슬 눈물이 마르기 전
기차는 꼬리를 산굽으로 돌렸다.

1936. 3. 20. 永鉉君을 -

空想

空想 —
내마음의 塔
나는 말없이 이 塔을 쌓고 있다.
名譽와 虛榮의 天空에다
무너질 줄도 모르고
한 층 두 층 높이 쌓는다.

無限한 나의 空想 —
그것은 내 마음의 바다,
나는 두 팔을 펼쳐서
나의 바다에서
自由로이 헤엄친다.
黃金 知慾의 水平線을 向하여.

1935. 10.「崇實活泉」에 발표

귀뚜라미와 나와

귀뚜라미와 나와
잔디밭에서 이야기했다.

귀뚤귀뚤
귀뚤귀뚤

아무게도 알으켜 주지말고
우리둘만 알자고 약속했다.

귀뚤귀뚤
귀뚤귀뚤

귀뚜라미와 나와
달밝은 밤에 이야기했다.

1938. 추정

애기의 새벽

우리집에는
닭도 없단다.
다만
애기가 젖달라 울어서
새벽이 된다.

우리집에는
시계도 없단다.
다만
애기가 젖달라 보채어
새벽이 된다.

1938. 추정

해바라기 얼굴

누나의 얼굴은
  해바라기 얼굴
해가 금방 뜨자
  일터에 간다.

해바라기 얼굴은
  누나의 얼굴
얼굴이 숙어들어
  집으로 온다.

1938. 추정

햇빛·바람

손가락에 침 발라
쏘옥, 쏙, 쏙,
장에 가는 엄마 내다보려
문풍지를
쏘옥, 쏙, 쏙,

아침에 햇빛이 빤짝,

손가락에 침 발라
쏘옥, 쏙, 쏙,
장에 가신 엄마 돌아오나
문풍지를
쏘옥, 쏙, 쏙,

저녁에 바람이 솔솔.

1938. 추정

만돌이

만돌이가 학교에서 돌아오다가
전봇대 있는 데서
돌짜기 다섯 개를 주웠습니다.

전봇대를 겨누고
돌 첫 개를 뿌렸습니다.
— 딱 —
두 개째 뿌렸습니다.
— 아뿔사 —
세 개째 뿌렸습니다.
— 딱 —
네 개째 뿌렸습니다.
— 아뿔사 —
다섯 개째 뿌렷습니다.
— 딱 —

다섯 개에 세 개……

그만하면 되었다.

내일 시험,

다섯 문제에 세 문제만 하면 —

손꼽아 구구를 하여 봐도

허양* 육십 점이다.

볼 거 있나 공차러 가자.

그 이튿날 만돌이는

꼼짝 못하고 선생님한테

흰 종이를 바쳤을까요.

그렇잖으면 정말

육십 점을 맞았을까요.

〔편주〕허양*:「거뜬히」란 뜻의 북간도 사투리.

1937. 추정

둘 다

바다도 푸르고
하늘도 푸르고

바다도 끝없고
하늘도 끝없고

바다에 돌던지고
하늘에 침뱉고

바다는 벙글
하늘은 잠잠.

1937

눈

지난밤에
눈이 소오복이 왔네

지붕이랑
길이랑 밭이랑
추워한다고
덮어주는 이불인가 봐

그러기에
추운 겨울에만 내리지

1936.12

편지

누나!
이 겨울에도
눈이 가득히 왔습니다.

흰 봉투에
눈을 한줌 넣고
글씨도 쓰지 말고
우표도 붙이지 말고
말쑥하게 그대로
편지를 부칠까요?

누나 가신 나라엔
눈이 아니 온다기에.

1936.12추정

봄

우리 애기는
아래 발치에서 코올코올,

고양이는
부뚜막에서 가릉가릉,

애기 바람이
나뭇가지에 소올소올,

아저씨 햇님이
하늘 한가운데서 째앵째앵.

1936.10

무얼 먹고 사나

바닷가 사람
물고기 잡아 먹고 살고

산골엣 사람
감자 구워 먹고 살고

별나라 사람
무얼 먹고 사나.

1936.10

병아리

「뾰, 뾰, 뾰,
엄마 젖 좀 주」
병아리 소리.

「꺽, 꺽, 꺽,
오냐, 좀기다려」
엄마닭 소리.

좀 있다가
병아리들은
엄마품 속으로
다 들어 갔지요.

1936.1.6

달을 쏘다

번거롭던 四圍가 잠잠해지고 時計소리가 또렷하나 보니 밤은 저윽히 깊을대로 깊은 모양이다. 보던 冊子를 冊床머리에 밀어 놓고 잠자리를 수습한 다음 잠옷을 걸치는 것이다. 「딱」스위치 소리와 함께 電燈을 끄고 窓역의 寢臺에 드러누우니 이때까지 밖은 휘양찬 달밤이었던 것을 感覺치 못하였었다. 이것도 밝은 電燈의 惠澤이었을까.

나의 陋醜한 房이 달빛에 잠겨 아름다운 그림이 된다는 것 보담도 오히려 슬픈 船艙이 되는 것이다. 창살이 이마로부터 코마루, 입술 이렇게 하여 가슴에 여민 손등에까지 어른거려 나의 마음을 간지르는 것이다. 옆에 누운 분의 숨소리에 房은 무시무시해진다. 아이처럼 황황해지는 가슴에 눈을 치떠서 밖을 내다보니 가을 하늘은 역시 맑고 우거진 松林은 한 폭의 墨畵다. 달빛은 솔가지에 솔가지에 쏟아져 바람인양 솨—소리가 날듯하다. 들리는 것은 時計소리와 숨소리와 귀또리 울음뿐 벅쩍 고던 寄宿舍도 절깐보다 더 한층 고요한 것이 아니냐?

나는 깊은 思念에 잠기우기 한창이다. 딴은 사랑스런 아가씨를 私有할 수 있는 아름다운 想華도 좋고, 어린적 未練을 두고 온

故鄕에의 鄕愁도 좋거니와 그보담 손쉽게 表現 못할 深刻한 그 무엇이 있다.

바다를 건너 온 H君의 편지사연을 곰곰 생각할수록 사람과 사람 사이의 感情이란 微妙한 것이다. 感傷的인 그에게도 必然코 가을은 왔나 보다.

편지는 너무나 지나치지 않았던가. 그 中 한 토막,

「君아! 나는 지금 울며 울며 이 글을 쓴다. 이 밤도 달이 뜨고, 바람이 불고, 人間인 까닭에 가을이란 흙냄새도 안다. 情의 눈물, 따뜻한 芸術學徒였던 情의 눈물도 이 밤이 마지막이다.」

또 마지막 켠으로 이런 句節이 있다.

「당신은 나를 永遠히 쫓아버리는 것이 正直할 것이오.」

나는 이 글의 뉴앙스를 解得할 수 있다. 그러나 事實 나는 그에게 아픈 소리 한 마디 한 일이 없고 설은 글 한 쪽 보낸 일이 없지 아니한가. 생각컨대 이 罪는 다만 가을에게 지워 보낼 수 밖에 없다.

紅顔書生으로 이런 斷案을 나리는 것은 외람한 일이나 동무란 한낱 괴로운 存在요 友情이란 진정코 위태로운 잔에 떠 놓은 물

이다. 이 말을 反對할 者 누구랴, 그러나 知己 하나 얻기 힘든다 하거늘 알뜰한 동무 하나 잃어버린다는 것이 살을 베어내는 아픔이다.

나는 나를 庭園에서 發見하고 窓을 넘어 나왔다든가 房門을 열고 나왔다든가 왜 나왔느냐 하는 어리석은 생각에 頭腦를 괴롭게 할 必要는 없는 것이다. 다만 귀뚜라미 울음에도 수줍어지는 코스모스 앞에 그윽히 서서 닥터·빌링쓰의 銅像 그림자처럼 슬퍼지면 그만이다. 나는 이 마음을 아무에게나 轉家시킬 심보는 없다. 옷깃은 敏感이어서 달빛에도 싸늘히 추워지고 가을 이슬이란 선득선득하여서 설은 사나이의 눈물인 것이다.

발걸음은 몸뚱이를 옮겨 못가에 세워줄 때 못 속에도 역시 가을이 있고, 三更이 있고 나무가 있고, 달이 있다.

그 刹那 가을이 怨望스럽고 달이 미워진다. 더듬어 돌을 찾아 달을 向하야 죽어라고 팔매질을 하였다. 痛快! 달은 散散히 부서지고 말았다. 그러나 놀랐던 물결이 잦아들 때 오래잖아 달은 도로 살아난 것이 아니냐, 문득 하늘을 처다보니 얄미운 달은 머리위에서 빈정대는 것을———

나는 곳곳한 나뭇가지를 고나 띠를 째서 줄을 메워 훌륭한 활을 만들었다. 그리고 좀 탄탄한 갈대로 화살을 삼아 武士의 마음을 먹고 달을 쏘다.

1938.10

終始

終点이 始点이된다. 다시 始点이 終点이 된다.

아침 저녁으로 이 자국을 밟게 되는데 이 자국을 밟게 된 緣由가 있다. 일찌기 西山大師가 살았을 듯한 우거진 松林속, 게다가 덩그러시 살림집은 외따로 한 채뿐이었으나 食口로는 굉장한 것이어서 한 지붕 밑에서 八道 사투리를 죄다 들을 만큼 모아 놓은 미끈한 壯丁들만이 욱실욱실하였다. 이곳에 法令은 없었으나 女人禁納區였다. 萬一 强心臟의 女人이 있어 不意의 侵入이 있다면 우리들의 好奇心을 저으기 자아내었고、房마다 새로운 話題가 생기곤 하였다. 이렇듯 修道生活에 나는 소라 속처럼 安堵하였던 것이다.

事件이란 언제나 큰 데서 動機가 되는 것보다 오히려 작은 데서 더 많이 發作하는 것이다。

눈 온 날이었다. 同宿하는 친구의 친구가 한 時間 남짓한 門안 들어 가는 車時間까지를 浪費하기 為하여 나의 친구를 찾아 들어와서 하는 對話였다.

「자네 여보게 이집 귀신이 되려나?」

「조용한 게 공부하기 작히나 좋잖은가」

「그래 책장이나 뒤적뒤적하면 공분 줄 아나, 電車간에서 내다 볼 수 있는 光景, 停車場에서 맛볼 수 있는 光景, 다시 汽車속에서 對할 수 있는 모든 일들이 生活아닌 것이 없거든, 生活때문에 싸우는 이 雰圍氣에 잠겨서, 보고, 생각하고, 分析하고, 이거야말로 眞正한 意味의 敎育이 아니겠는가. 여보게! 자네 책장만 뒤지고 人生이 어드렇니 社會가 어드렇니 하는 것은 十六世紀에서나 찾아볼 일일세. 斷然 門안으로 나오도록 마음을 돌리게」

나한테 하는 勸告는 아니었으나 이 말에 귀틈 뚫려 상푸둥 그러리라고 생각하였다. 非但 여기만이 아니라 人間을 떠나서 道를 닦는다는 것이 한낱 娛樂이요, 娛樂이매 生活이 될 수 없고, 生活이 없으매 이 또한 죽은 공부가 아니랴. 하여 공부도 生活化하여야 되리라 생각하고 불일내에 門안으로 들어가기를 內心으로 斷定해 버렸. 그뒤 每日같이 이 자국을 밟게 된 것이다.

나만 일찌기 아침거리의 새로운 感觸을 맛볼 줄만 알았더니 벌써 많은 사람들의 발자욱에 舖道는 어수선할 대로 어수선했고 停留場에 머물 때마다 이 많은 무리를 죄다 어디 갖다 터뜨릴 心算인지 꾸역꾸역 자꾸 박아 싣는데 늙은이, 젊은이, 아이 할 것

없이 손에 꾸러미를 안 든 사람은 없다. 이것이 그들 生活의 꾸러미요, 同時에 倦怠의 꾸러민지도 모르겠다.

이 꾸러미를 든 사람들의 얼굴을 하나하나씩 뜯어보기로 한다. 늙은이 얼굴이란 너무 오래 世波에 짜들어서 問題도 안 되겠거니와 그 젊은이들 낯짝이란 도무지 말씀이 아니다. 열이면 열이 다 憂愁 그것이요, 百이면 百이 다 悲慘 그것이다. 이들에게 웃음이란 가물에 콩싹이다. 必境 귀여우리라는 아이들의 얼굴을 보는 수밖게 없는데 아이들의 얼굴이란 너무나 蒼白하다. 或시 宿題를 못해서 先生한테 꾸지람들을 것이 걱정인지 풀이 죽어 쭈그러뜨린 것이 活氣란 도무지 찾아볼 수 없다. 내 상도 必然코 그 꼴일텐데 내 눈으로 그 꼴을 보지 못하는 것이 多幸이다. 萬一 다른 사람의 얼굴을 보듯 그렇게 자주 내 얼굴을 對한다고 할 것 같으면 벌서 夭死하였을는지도 모른다.

나는 내 눈을 疑心하기로 하고 斷念하자!

치리리 城壁위에 펼친 하늘을 처다보는 편이 더 痛快하다. 눈은 하늘과 城壁境界線을 따라 자꾸 달리는 것인데 이 城壁이란 現代로써 캄플라지한 옛 禁城이다. 이 안에서 어떤 일이 이루어

졌으며 어떤 일이 行하여지고 있는지 城 밖에서 살아 왔고 살고 있는 우리들에게는 알 바가 없다. 이제 다만 한 가닥 希望은 이 城壁이 끊어지는 곳이다.

期待는 언제나 크게 가질 것이 못되어서 城壁이 끊어지는 곳에 總督府, 道廳, 무슨 參考館, 遞信局, 新聞社, 消防組, 무슨 株式會社, 府廳, 洋服店, 古物商 等 나란히 하고 연달아 오다가 아이스케이크 看板에 눈이 잠깐 머무는데 이 놈을 눈 내린 겨울에 빈집을 지키는 꼴이라든가, 제 身分에 맞지 않는 가게를 지키는 꼴을 살짝 필름에 올리어 본달 것 같으면 한 幅의 高等諷刺漫畵가 될 터인데, 하고 나는 눈을 감고 생각하기로 한다. 事實 요즈음 아이스케이크 看板 身勢를 免치 아니치 못할 者 얼마나 되랴. 아이스케이크 看板은 情熱에 불타는 炎暑가 眞正코 아수롭다.

눈을 감고 한참 생각하느라면 한 가지 거리끼는 것이 있는데 이것은 道德律이란 거추장스러운 義務感이다. 젊은 녀석이 눈을 딱 감고 버티고 앉아 있다고 손가락질하는 것 같아 번쩍 눈을 떠본다. 하나 가차이 慈善할 對象이 없음에 자리를 잃지 않겠다는 心情보다 오히려 아니꼽게 본 사람이 없으리란 데 安心이 된다.

이것은 果斷性 있는 동무의 主張이지만 電車에서 만난 사람은 원수요, 汽車에서 만난 사람은 知己라는 것이다. 딴은 그러리라고 얼마큼 首肯하였었다. 한자리에서 몸을 비비적거리면서도 「오늘은 좋은 날씨 올시다.」「어디서 내리시나요」 쯤의 인사는 주고 받을 법한데, 一言半句없이 뚱―한 꼴들이 작히나 큰 원수를 맺고 지나는 사이들 같다. 만일 상냥한 사람이 있어 요만쯤의 禮儀를 밟는다고 할 것 같으면 電車속의 사람들은 이를 精神異狀者로 대접할 게다. 그러나 汽車에서는 그렇지 않다. 名銜을 서로 바꾸고 故鄕이야기, 行方이야기를 거리낌 없이 주고 받고 심지어 남의 旅勞를 自己의 旅勞인 것처럼 걱정하고, 이 얼마나 多情한 人生行路냐?

이러는 사이에 南大門을 지나쳤다. 누가 있어 「자네 每日같이 南大門을 두 번씩 지날 터인데 그래 늘 보군 하는가」라는 어리석은 듯한 멘탈테스트를 낸다면 나는 啞然해지지 않을 수 없다. 가만히 記憶을 더듬어 본달 것 같으면 늘이 아니라 이 자국을 밟은 以來 그 모습을 한 번이라도 쳐다본 적이 있었던 것 같지 않다. 하기는 그것이 나의 生活에 緊한 일이 아니매 當然한 일일 게다.

하나 여기에 하나의 教訓이 있다. 回數가 너무 잦으면 모든 것이 皮相的이 되어버리나니라.

이것과는 關聯이 먼 이야기 같으나 無聊한 時間을 까기 為하야 한마디 하면서 지나가자.

시골서는 제노라고 하는 양반이었던 모양인데 처음 서울 구경을 하고 돌아가서 며칠 동안 배운 서울말씨를 선불리 써 가며 서울 거리를 손으로 형용하고 말로써 떠벌여 옮겨 놓더란데, 停車場에 턱 내리니 앞에 古色이 蒼然한 南大門이 반기는듯 가로 막혀 있고, 總督府 집이 크고, 昌慶苑에 百 가지 禽獸가 봄 직했고 德壽宮의 옛 宮殿이 懷抱를 자아냈고, 和信 乘降機는 머리가 횡— 했고, 本町엔 電燈이 낮처럼 밝은데 사람이 물 밀리듯 밀리고 電車란 놈이 윙윙 소리를 지르며 지르며 연달아 달리고 — 서울이 自己하나를 為하야 이루어진 것처럼 우쭐했는데 이것쯤은 있을 듯한 일이다. 한데 게도 방정꾸러기가 있어

「南大門이란 懸板이 참 名筆이지요」

하고 물으니 對答이 傑作이다.

「암 名筆이구 말구. 南字 大字 門字 하나하나 살아서 막 꿈틀거

리는 것 같데」

어느 모로나 서울자랑 하려는 이 양반으로서는 可當한 對答일 게다. 이분에게 阿峴洞고개 막바지에, — 아니 치벽한 데 말고, — 가차이 鐘路 뒷골목에 무엇이 있던가를 물었다면 얼마나 唐慌해 했으랴.

나는 終点을 始点으로 바꾼다.

내가 내린 곳이 나의 終点이요, 내가 타는 곳이 나의 始点이 되는 까닭이다. 이 짧은 瞬間 많은 사람들 속에 나를 묻는 것인데 나는 이네들에게 너무나 皮相的이 된다. 나의 휴머니티를 이네들에게 發揮해낸다는 재주가 없다. 이네들의 기쁨과 슬픔과 아픈 데를 나로서는 測量한다는 수가 없는 까닭이다. 너무 漠然하다. 사람이란 回數가 잦은 데와 量이 많은 데는 너무나 쉽게 皮相的이 되나보다. 그럴수록 自己 하나 看守하기에 奔忙하나 보다.

시그날을 밟고 汽車는 왱 — 떠난다. 故鄕으로 向한 車도 아니건만 空然히 가슴은 설렌다. 우리 汽車는 느릿느릿 가다 숨차면 假停車場에서도 선다. 每日같이 웬 女子들인지 주룽주룽 서 있다. 제마다 꾸러미를 안았는데 例의 그 꾸러민 듯싶다. 다들 芳年

된 아가씨들인데 몸매로 보아하니 工場으로 가는 職工들은 아닌 모양이다. 얌전히들 서서 汽車를 기다리는 모양이다. 判斷을 기다리는 모양이다. 하나 輕妄스럽게 琉璃窓을 通하여 美人判斷을 내려서는 안된다. 皮相法則이 여기에도 適用될지 모른다. 透明한 듯하나 믿지 못할 것이 琉璃다. 얼굴을 찌깨놓은 듯이 한다든가 이마를 좁다랗게 한다든가 코를 말코로 만든다든가 턱을 조개턱으로 만든다든가 하는 惡戱를 琉璃窓이 때때로 敢行하는 까닭이다. 判斷을 내리는 者에게는 別般 利害關係가 없다손 치더라도 判斷을 받는 當者에게 오려던 幸運이 逃亡갈런지를 누가 保障할소냐. 如何間 아무리 透明한 꺼풀일지라도 깨끗이 벗겨버리는 것이 마땅할 것이다.

이윽고 터널이 입을 벌리고 기다리는데 거리 한가운데 地下鐵道도 아닌 터널이 있다는 것이 얼마나 슬픈 일이냐. 이 터널이란 人類歷史의 暗黑時代요 人生行路의 故悶相이다. 空然히 바퀴소리만 요란하다. 구역 날 惡質의 煙氣가 스며든다. 하나 未久에 우리에게 光明의 天地가 있다.

터널을 벗어났을 때 요즈음 複線工事에 奔走한 勞働者들을 볼

수 있다. 아침 첫車에 나갔을 때에도 일하고 저녁 늦車에 들어올 때에도 그네들은 그대로 일하는데 언제 始作하여 언제 그치는지 나로서는 헤아릴 수 없다. 이네들이야 말로 建設의 使徒들이다. 땀과 피를 아끼지 않는다.

그 육중한 「도락구」를 밀면서도 마음만은 遙遠한 데 있어 「도락구」판장에다 서투른 글씨로 新京行이니 北京行이니 南京行이니라고 써서 타고 다니는 것이 아니라 밀고 다닌다. 그네들의 마음을 엿볼 수 있다. 그것이 苦力에 慰安이 안된다고 누가 主張하랴.

이제 나는 곧 終始를 바꿔야 한다. 하나 내 車에도 新京行, 北京行, 南京行을 달고 싶다. 世界一週行이라고 달고 싶다. 아니 그보다 眞正한 내 故鄕이 있다면 故鄕行을 달겠다. 다음 到着하여야 할 時代의 停車場이 있다면 더 좋다.

[편주]이 작품은 시인이 1941년, 누상동에 하숙하며 연희전문학교까지 전차와 기차로 등교하는 장면을 쓴 것이다.

일본어 번역에 부쳐

윤일주(윤동주의 남동생)

형·윤동주가 후쿠오카에서 옥사한 후 이윽고 40년이 경과하였다. 태평양 전쟁의 와중이었던 당시 「만주」에서 살고 있었던 우리들은 그의 재판과정을 지켜볼 수도 없었고 옥중의 그를 면회할 수도 없었다. 따라서 「사상불온」, 「독립운동」이라는 막연한 죄 외에는 그의 죄명을 알지 못했다.

1945년 2월, 그리고 조국이 해방된 후, 우리들 유족의 끊이지 않은 염원은 그의 죄명을 밝히는 것과 일제에게 빼앗긴 그의 작품을 찾는 것이었다. 다행이도 그의 세심한 친구들이 잘 보관해 두었던 100여 편의 작품이 있어 그의 시는 한국 젊은이들에게 널리 읽히게 되었다. 죄명을 밝히는 것과 몰수된 작품을 되 찾는 일은 그리 쉽지 않았다. 여기에는 현해탄이 가로 놓여 있고, 여러가지 제약조건은 두 세 사람의 힘으로는 해 낼 수 없다는 것을 절」감하는 가운데 세월은 흘러갔다. 그러나 그의 작품과 생애가 다소 일본에 알려지게 되어, 일본인 사이에서도 윤동주를 연구하는 분들이 나타나기 시작했다. 여기에 한 분 한 분 이름을 들 수는 없지만, 그분들의 열의로 당시 일본의 경찰 기록과 판결문 등이 발굴되어 우리 유족들에게 전해진 것은 시인의 사후 35년이 지난 1977년부터 1982년 사이의 일이었다. 드디어 죄명은 밝혀졌지만 빼앗긴 작품은 아직까지 행방불명인 채로 있다.

번역자 이부키 고 씨와 나의 만남은, 그가 『기록』지에 윤동주 시의 번역과 해설을 13회에 걸쳐 연재 중이던 1982년 5월부터 글로 소식을 주고 받은 것에서 시작하였다. 그의 글이 연재되고 있던 사이에 그의 훌륭한 번역시는 짧은 나의 일본어 실력으로도 새로운 감동을 가

지게 하였으며 특히 나를 감동시켰던 것은 윤동주의 일본에서의 발자취를 따라서 동경, 경도를 여러 차례 왕래하면서 경찰서, 당시의 담당 형사, 검찰, 검사, 판사, 대학 등을 끈질기게 계속 방문하여 사실을 밝힌 그의 열정이었다. 나는 그 탐방에 동행하고 싶다는 생각에 사로잡혔다.

윤동주의 시와 시인에 대한 애정, 그리고 이런 열정이 열매를 맺어 여기에 한 권의 훌륭한 번역시집을 발간할 수 있게 되었다고 생각한다.

생각해 보면, 일제에 저항하고 희생된 한국인은 수 없이 많지만 오늘날 윤동주가 이야기되고 있는 것은 그의 뛰어난 시가 남아 있기 때문이라고 말할 수 있다.「육첩 방은 남의 나라」라고 노래했던 일본 땅에서 그 지역 말로 그의 시가 읽히게 된 것은 번역자가 고생해 주신 덕분이지만, 그 동기가 된 것은 무엇보다 민족을 초월한 시심이라고 나는 생각한다.

윤동주의 시는「저항이다」,「아니다」라고 논의되고 있다. 하지만 나는 그의「저항」이라는 말에 약간의 저항을 느낀다. 저항의 대상이 없어도 그는 진실로, 그의 말로 맑은 그의 마음으로 노래하여「한점 부끄럼이 없는」자기성찰의 빼어난 서정시인이 되었다고 나는 믿고 있다.

중요한 작품은 일제에 압수되어, 오늘날 남아 있는 100여 편의 시가 한국에서, 그리고 일본에서 읽혀지게 된 것도 생각해 보면 기적 같은 이야기이다. 해방 전후 혼란, 38도선, 한국전쟁과 같은 여러가지 곤란한 상황을 지나 100여 편의 작품이 육필 그대로 나에게 전해진 것은 얼마나 행복한 일인가.

나는 눈시울이 뜨거워짐을 느낀다. 그것은 형을 잃고 지나 간 소년기의 눈물이 아니라, 일종의 안도의 눈물이라 할 수 있을 것이다.

여기에서 나 개인의 심정을 토로하는 것을 용서받고 싶다.

나는 이 일본 땅에서 문득 당시 아버지의 마음을 느끼다. 고종사촌(송몽규)를 면회하고 충격으로 감옥 복도에 주저 앉아 통곡했던 아버지, 장님의 유해를 태우고 유골함에 다 넣지 못해 뼈의 재를 현해탄에 뿌렸던 아버지, 자식의 유골을 가슴에 안고 한반도의 끝에서 끝까지 길고 긴 길을 돌아왔던 아버지, 미루어 생각해 본다면 아버지의 그 심경은 어떠하였겠는가.

아버지는 고향 (「만주」)에서 1948년의 초판 시집을 받아 본 후에, 38도선과 두만강이라는 두터운 벽 때문에 시인으로서 장남의 영예가 점점 커져가고 있는 것을 알지 못하셨다. 요즘, 중국 대륙과 한국 사이에 서신이 가능하게 되어 1965년경, 고향인 중국 동북지방 용정에서 혼자 쓸쓸히 돌아 가셨다는 것을 알게 되었다.

나는 지금 다른 나라말로 만들어진 또 하나의 형의 시집을 할아버지, 할머니 그리고 아버지 어머니, 형의 영전에 바치려고 한다. 번역자의 이름과 함께.

나의 개인적인 이야기를 덧붙이게 되어 죄송하지만, 이러한 가족적인 고통은 그 농도의 차이가 있기는 하겠지만 한민족 모두의 가정에 스며 있으리라 생각한다.

한민족의 비애,
그것은 아직 끝나지 않았다는 것을
일본의 여러분들이 이해해 주시기를 바란다.

1984년 5월 동경 시로가네다이에서

(원문 일본어/ 번역: 윤인석)

큰아버지의 80주기에 즈음하여

윤인석(윤일주의 장남)

저는 윤동주 시인의 남동생인 고 윤일주 교수의 장남인 윤인석이라고 합니다. 큰아버지가 미혼으로 돌아 가셔서 직계 자손이 없는 터라 제가 유족대표 역할을 맡고 있습니다. 저의 부친은 1985년 11월 28일 작고하셨습니다. 일본어 번역시집 출간 후 꼭 1년이 지난 때였습니다.

성균관대학교 건축학과 교수로 재직하시던 선친은 1984년 1월부터 1985년 2월까지 일본 동경대학에서 연구년을 보내셨습니다. 이때, 전부터 큰아버지 작품 일부를 번역하시고 그의 일본재 발자취를 찾아 다니며 관련 자료를 모아 오셨던 이부키 고 선생님이 큰아버지 시집 전체를 번역하고 싶으시다고 제안하셨습니다. 이렇게 두 분의 만남은 이루어져, 이부키 선생님은 아버지의 동경대 숙소(동경 시로가네다이 롯지)를 주말 마다 방문하셔서 숙제처럼 몇 편씩 일본어로 번역한 원고를 아버지께 보여 드리며 상의와 수정을 하셨다고 합니다. 아버지는 일제강점기에 고등학교까지 다닌 분이라 일본어를 국어로 배우셨기에 자신의 형님이 쓰신 작품의 내용과 분위기를 토대로 이부키 선생님의 일본어 문장을 살펴보실 수 있었으리라 생각합니다. 아울러 원본에 나오는 고유명사, 북간도 사투리, 한국 특유의 민속과 문화에 대해서는 실제의 생동을 보여 가며 이해시키셨다 합니다. 형님의 작품 한 줄 한 줄이 일본어로 옮겨지는 데에 주의 깊게 번역자를 도우셨다고 믿습니다.

이부키 선생님의 번역본 출간 후에도 여러분들이 일본어 번역서를

내셨습니다. 윤동주 시에 대한 각 번역가들의 이해와 해석이 반영된 결과물일 것입니다. 모두 귀중한 제2의 창작(번역)임이 틀림없으리라 생각합니다. 하지만 이부키 선생 번역작업의 곁에서 한 글자, 한 글자 같이 상의하고 소통하여 만들어 낸 이 번역본이야 말로 시인의 가슴과 생각에 가장 가까운 진정성을 확보하고 있다고 저는 생각합니다.

이부키 선생님은 매주 번역 작업이 끝나면 시인의 동생이 형님 시를 읽는 음성을 기록해 두어야 한다 하시며 카세트 녹음기를 켜고 시집에 수록된 전 작품을 낭독시키셨습니다. 선친이 동경에 머무실 때 건강이 썩 좋지 않아 힘겨워 하시는데도 잘 설득하여 끝내 녹음을 다 마치셨답니다. 그 모습을 곁에서 지켜 보시던 저의 어머니는 그 때 이부키 선생님이 참 미우셨다고 하시더군요.

그리고 아버지가 돌아 가신 후, 이부키 선생님이 두 개의 카세트 테이프에 복사해 주셔서 아버지의 유품으로 잘 간직하고 있습니다. 요새는 IT기술 발달 덕분에 디지털 파일로 변환하여 아버지의 육성을 컴퓨터 스피커로 듣고 있습니다. 귀중한 유산을 마련해 주신 이부키 선생님께 무한 감사 드리고 있습니다.

1984년 11월 번역본 출간 이후 이바라기 노리코 선생님 수필 속에 인용된 큰아버지의 번역시가 일본의 고등학교 현대문 교과서에 실리고, 한글을 배우는 분들이 윤동주 시를 알게 되면서 이부키 선생님의 번역서를 통한 윤동주의 시세계를 일본분들이 알아 가시는 데에 큰 기초가 되었습니다. 그리고 일본어 외에도 영어, 프랑스어, 독일어, 체코어, 중국어 번역이 이어졌습니다.

번역시집으로 인해 큰아버지와 그의 작품에 대한 인식이 높아지면서, 그가 다니셨던 일본의 모교와 하숙집 자리에 시비가 서고, 마지막 소풍길이었던 우지천 변에는 순수 시민들의 정성과 모금으로 시비가 세워져 화해와 평화를 도모하는 상징 인물로 기념하게 되었습니다. 많

은 분들의 정성과 사랑과 헌신이 듬뿍 담긴 결과물이라고 생각합니다.

이번에 한·일 대역본의 한글 원고를 제공해 드리기 위해 큰아버지와 아버지와 대화하는 기분으로 큰아버지의 작품을 다시 일독하였습니다. 일본어 번역본이 후쿠오카에서 한·일 대역으로 재발행 된다니 큰아버지의 숨이 끊어진 곳에서 그의 정신이 부활하는 듯한 기분이 느껴집니다.

부디 많은 분들이 애독해 주시고 맑고 곧게 살며 조용히 모국어로 생각을 정리, 기록한 청년의 맑은 마음을 헤아리며 서로 보듬어 가며 살 수 있는 세상 만들어 가면 좋겠습니다.

2025년1월

새로운 시점(始点)

본서는 이부키 고 씨가 번역한 일본어판 윤동주 전시집(카게쇼보 출판) 개정판을 원본으로 삼았다. 현재는 절판되어 구하기 어렵기 때문에 윤동주 서거 80주기를 맞이하여 먼저 선시집 형태로 세상에 내보이기로 했다. 한국어 원문은 이부키 씨가 번역 원본으로 했던 1983년 10월 간행 정음사판을 바탕으로 했다.

윤동주는 1917년 구 만주의 북간도(현재 중국 동북부 연변조선족 자치주)의 명동촌에서 태어났다. 조선 사람들이 새로운 터전을 찾아 이주한 땅이고 학교와 교회가 세워지는 등 근대에 들어서부터 선진적인 교육이 이루어진 곳이었다. 윤동주의 증조부 역시 함경북도에서 이주해왔고 가족들은 기독교 신앙을 지녔다.

윤동주는 명동소학교를 졸업하고 은진중학교에 진학, 이어 대학진학을 위해 평양의 숭실중학교에 편입했다. 이 학교가 신사 참배를 거부하며 폐교되자 고향으로 돌아와 광명학원 중학부에 편입. 이후 서울의 연희전문학교(현재 연세대학교)로 진학하였고, 졸업 기념으로 시집 『하늘과 바람과 별과 시』를 엮었으나 시대적인 어려움으로 출간하지 못했다. 이때 원고지에 필사하여 묶은 자가본 시집을 연희전문 후배 정병욱에게 증정하였는데 이것이 훗날 출판본 시집의 토대가 된다. 이후 1942년에 일본으로 건너가 토쿄의 릿쿄대학을 거쳐 쿄토의 도시샤대학 재학 중이던 1943년에 치안유지법 위반(독립운동)의 혐의로 채포되어 징역 2년형을 선고받아 후쿠오카 형무소에 수감되었고, 1945년 2월 16일에 옥사했다.

그의 유고는 일본의 식민지 지배와 한반도 분단이라는 어려운 상황 속에서도 유족과 친구들에 의해 보존되었고, 1948년에 한국에서『윤동주 시집 하늘과 바람과 별과 시』로 간행되었다. 이후 작품을 추가하면서 여러 차례 시집이 출판되었고, 일본어를 포함한 9개 외국어로 번역되었다.

번역자인 이부키 고 씨는 토쿄의 헌책방에서 한국어 윤동주 시집과 만나고, 시인의 일본 내 발자취를 추적하며 번역을 시작했다. 당시 토쿄대학 객원 교수로 토쿄에 체류 중이던 윤동주의 친동생 윤일주 씨를 자주 찾아 번역문을 다듬었고, 1984년에 일본 최초의 윤동주 전시집 번역을 완성했다. 윤일주씨는 친 형제이기에 알 수 있는 말의 의미를 꼼꼼하게 해설하며 형의 시를 낭독하기도 했고, 이부키 씨는 한국어 원문의 시심과 운율을 최대한 살려 일본어 번역을 진행했다.

이 일본어판 시집은 일본인이 윤동주를 알게 되는 계기가 되었고, 이후 여러 다른 번역 시집, 평전의 번역서나 저서 등이 출간되었다. 윤동주와 인연이 깊은 지역에서는 1992년에 쿄토 도시샤 코리아 동창회에 의해「윤동주 추모회」이, 1994년에는「후쿠오카·윤동주의 시를 읽는 모임」이, 2008년에는 토쿄에서「시인 윤동주를 기념하는 릿쿄회」가 발족되었다.

본서에는 총 127편의 작품 중에서 42편을 일본어와 한국어 대역으로 수록했다. 연희전문학교 졸업기념으로 만든 자선 시집 19편을 중심으로 릿쿄대학 재학 중에 쓴 작품과, 동시, 산문시를 담았다. 오래도록 우리들이 함께 읽은 시 중에서 특히 윤동주의 깊은 심정을 느

길 수 있는 작품들을 선정하였다. 한국어 원문은 윤동주의 조카 윤인석씨가 제공해 주셨다. 윤일주씨의 기고「일본어 번역에 부쳐」는 한국어 원문을 못 찾았기 때문에 카게쇼보판 시집에 실린 일본어 번역문을 윤인석씨가 한글로 번역했다.

2025년은 윤동주 서거 80주기를 맞이한다. 시인의 모교인 연세대학교와 릿쿄대학, 도시샤대학 사이에 교류가 진행되며, 서거일인 2월 16일에는 도시샤대학이 윤동주에게 명예 문화박사 학위를 수여한다.

윤동주의 시에는 어려운 시대에 나아갈 길을 자문하며 열심히 살아가려 한 모습이 스며 있다. 일본과 한국의 역사를 빼놓고는 생각할 수 없는 작품들이 있는 한편, 편안하게 즐길 수 있는 동시도 있다. 쉬운 언어로 쓰여졌기에 읽는 이들의 감성에 따라 자유롭게 음미할 수 있다. 졸업기념 시집의 제목을『하늘과 바람과 별과 시』로 한 윤동주. 하늘과 바람과 별이 보편적으로 존재하듯, 시에도 보편적인 힘을 담으려 했던 것이 아닐까.

산문「종시(終始)」에 '나는 종점을 시점으로 바꾼다' 라는 구절이 있다. 후쿠오카를 새로운 시작점으로 그의 소원과 메시지가 많은 사람들에게 전해지기를 간절히 기원한다.

2025년 1월

야나기하라 야스코(시인 윤동주를 기념하는 릿교회)
박희균 (윤동주 추모회, 도시샤 코리아 동창회)
마나기 미키코 (후쿠오카·윤동주의 시를 읽는 모임)

■지은이 : 윤동주
1917년 12월 30일 구 만주 북간도(현 중국 연변조선족자치주) 출생. 1941년 서울 연희전문학교(현 연세대) 졸업, 1942년 일본 유학. 도쿄 릿쿄대학을 거쳐 교토 도시샤대학 재학 중 1943년에 치안유지법 위반(독립운동)의 혐의로 체포되어 징역 2년형을 선고받아 후쿠오카 형무소에 수감되었고, 1945년 2월 16일 옥사했다. 1948년 유족과 친구들이 윤동주가 남긴 시집『하늘과 바람과 별과 시』를 출간하였다.

■옮긴이 : 이부키 고
1940년생. 1984년『윤동주 전시집 하늘과 바람과 별과 시』(기록사/카게쇼보)를 출간. 1990년 이육사 시집『청포도』, 1991년 송우혜『윤동주 평전』의 초역판『윤동주 청춘의 시인』을 츠쿠마쇼보에서 출간.

■감수자 : 윤인석
1956년 서울 출생. 성균관대학교 명예교수. 윤동주의 조카. 유족 대표로서 오래 보관하던 윤동주의 유고와 유품을 2013년 모교 연희전문학교(현 연세대)에게 기증했다.『사진판 윤동주 자필 시고 전집』(민음사, 1999년),『하늘과 바람과 별과 詩―원본대조 윤동주 전집―』(연세대학교출판부, 2004년) 편집에 참여하였다.

하늘과 바람과 별과 詩 윤동주 한일대역선시집

2025년 2월16일 초판 발행

지은이	윤동주
옮긴이	이부키 고
펴낸이	이케다 유키
펴낸곳	(주) 쇼시칸칸보
기획/책임편집	다지마 야스에
편집	야나기하라 야스코, 박희균, 마나기 미키코
편집협력	연세대학교 윤동주기념관, 안현준, 유시경, 히라바루 나오코
감수	윤인석
북디자인	모우리 카즈에
DTP	구로키 루미
인쇄/제작	(주) 시나노서적인쇄

ISBN978-4-86385-661-5 C0098

尹東柱が獄死した地での追悼式（福岡刑務所跡地横）
撮影：安炫俊

朴熙均。同志社大学の尹東柱詩碑前での献花式で

尹東柱が同志社大学在学中に下宿した武田アパート跡地そばの詩碑（京都芸術大学高原キャンパス）

宇治川沿いの「詩人尹東柱　記憶と和解の碑」

尹東柱は立教大学在学中に「たやすく書かれた詩」などを書きソウルの友人に送った

立教大チャペルでの追悼の集い。二宮聡（左）、柳時京（右）

左から李潤玉、楊原泰子、尹仁石、沈元燮

鄭炳昱家屋のそばを流れる蟾津江（ソムジンガン）

上）卒業記念の手書きの詩集が隠されていた
後輩・鄭炳昱（チョンビョンウク）の実家（全羅南道・光陽、2000年）
中）原稿は甕の中に隠されていた
下）韓国の家庭で使う甕

ソウル市内にある尹東柱の下宿跡

「新しい道」が書かれたソウルの地下鉄駅構内（乙支路３街駅）

わたしの道は　つねに新しい道
今日も……　明日も……
川を渡って森へ
峠を越えて村に

（「新しい道」より）

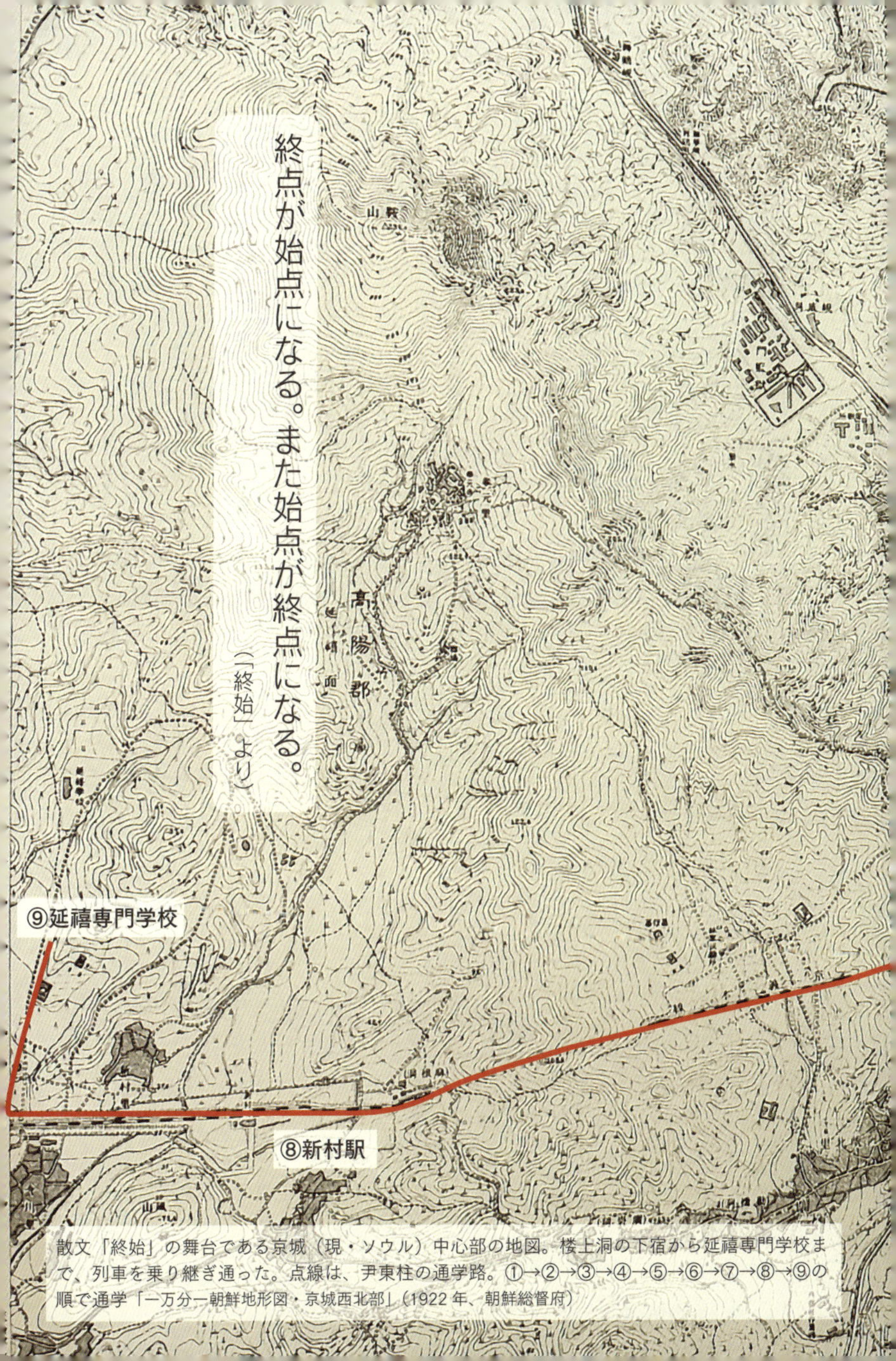

終点が始点になる。また始点が終点になる。
（「終始」より）

散文「終始」の舞台である京城（現・ソウル）中心部の地図。楼上洞の下宿から延禧専門学校まで、列車を乗り継ぎ通った。点線は、尹東柱の通学路。①→②→③→④→⑤→⑥→⑦→⑧→⑨の順で通学「一万分一朝鮮地形図・京城西北部」（1922 年、朝鮮総督府）

①楼上洞下宿
②景福宮
③朝鮮総督府
④京城府庁
⑤徳寿宮
⑥南大門
⑦京城駅

春がきた朝、ソウルの或る小さな停車場で
希望と愛のように汽車を待ち

汽車はなんの変わりもなく
わたしを遠くへ運んでくれて
（「いとしい追憶」より）

ソウル駅の構内の通路には、色違いのタイルで点字のように詩が表現されている

尹東柱が利用したソウル駅（現在の京義線）

井戸の中には　月が明るく　雲が流れ　空が広がり
青い風が吹いて　秋があり
追憶のように男がいます。
（「自画像」より）

尹東柱の故郷の虫の声や鐘の音が流れる部屋（延世大学校尹東柱記念館）

尹東柱の生誕地・北間島明東村から見た立岩(ソンバウィ)。
撮影：金在洪（尹東柱の伯父・金躍淵の曾孫）

青少年たちはこの立岩を見て夢を育み、志を胸に旅立っていったという

撮影：洲之内順三